JN158364

宮沢賢治コレクション 7

春と修羅 第二集

詩 II

筑摩書房

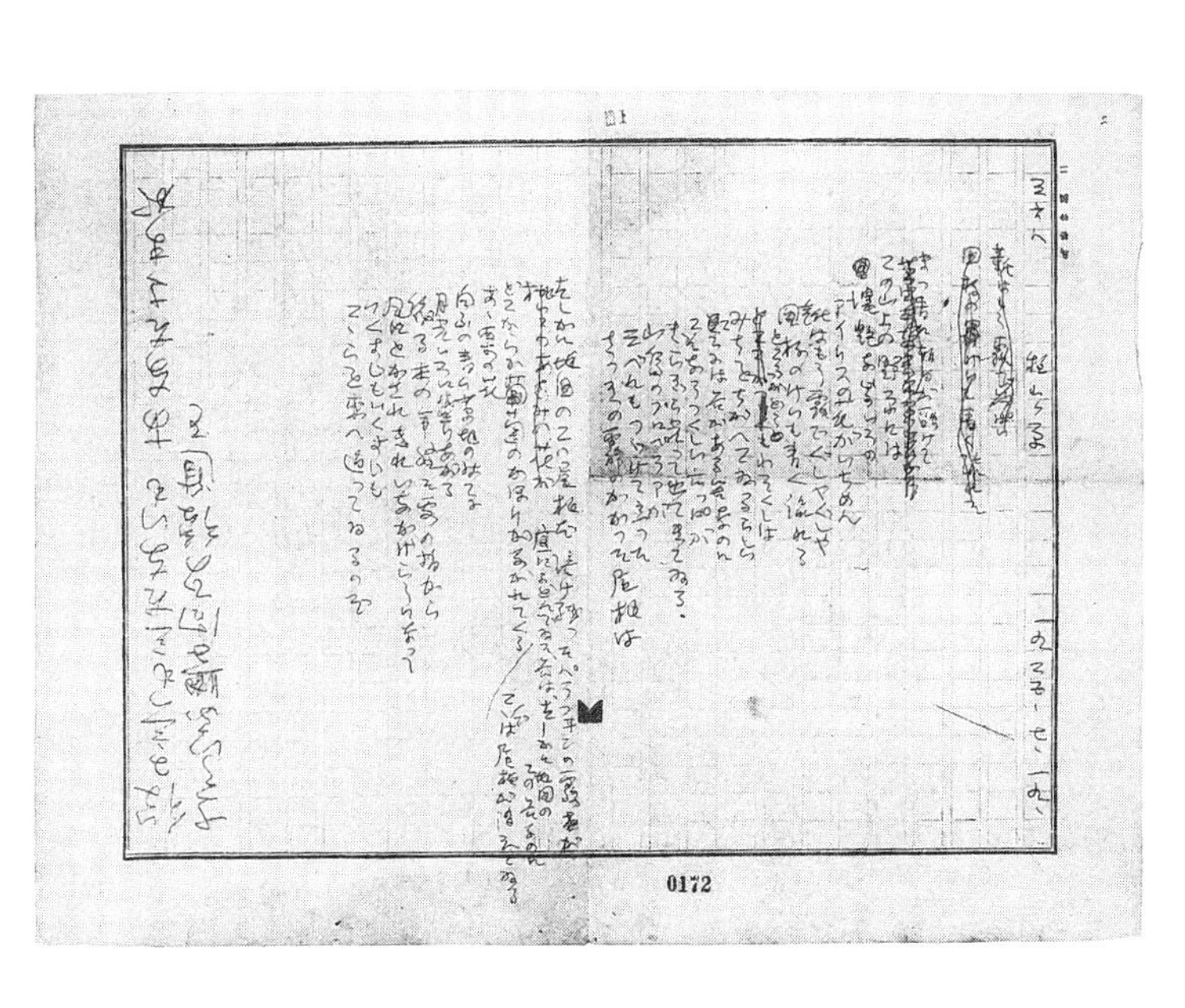

「三六八　種山ヶ原」下書稿（三）

監修　天沢退二郎
入沢康夫
編集委員　栗原　敦
杉浦　静
編集協力　宮沢家
装画・挿画　千海博美
装丁　アルビレオ
口絵写真　「三六八　種山ヶ原」下書稿（三）
（宮沢賢治記念館蔵）

目次

『春と修羅』第二集

『春と修羅』第二集補遺

口語詩稿より

宮沢賢治コレクション7

春と修羅 第二集

詩Ⅱ

心象スケッチ

春と修羅

第二集

大正十三年
大正十四年

序

この一巻は
わたくしが岩手県花巻（はなまき）の
農学校につとめて居（お）りました四年のうちの
終りの二年の手記から集めたものでございます
この四ヶ年はわたくしにとって
じつに愉快（ゆかい）な明るいものでありました
先輩（せんぱい）たち無意識なサラリーマンスユニオンが
近代文明の勃興（ぼっこう）以来
或（ある）いは多少ペテンもあったではありましょうが
とにかく巨（おお）きな効果を示し
絶えざる努力と結束（けっそく）で
獲得（かくとく）しましたその結果
わたくしは毎日わずか二時間乃至（ないし）四時間のあかるい授業と

二時間ぐらいの軽い実習をもって
わたくしにとっては相当の量の俸給を保証されて居りまして
近距離の汽車にも自由に乗れ
ゴム靴や荒い縞のシャツなども可成に自由に撰択し
すきな子供らにはごちそうもやれる
そういう安固な待遇を得て居りました
しかしながらそのうちに
わたくしはだんだんそれになれて
みんながもっている着物の枚数や
毎食とれる蛋白質の量などを多少夥剰に計算したかの嫌いがあります
そこでただいまこのぼろぼろに戻って見れば
いささか湯漬けのオペラ役者の気もしますが
またなかなかになつかしいので
まずは友人藤原嘉藤治
菊池武雄などの勧めるままに
この一巻をもいちどみなさまのお目通りまで捧げます
たしかに捧げはしまするが
今度もたぶんこの出版のお方は

多分のご損をなさるだろうと思います
そこでまことにぶしつけながら
わたくしの敬愛するパトロン諸氏は
手紙や雑誌をお送りくだされたり
何かにいろいろお書きくださることは
気取ったようではございますが
何とか願い下げいたしたいと存じます
わたくしはどこまでも孤独を愛し
熱く湿った感情を嫌いますので
もし万一にもわたくしにもっと仕事をご期待なさるお方は
同人になれと云ったり
原稿のさいそくや集金郵便をお差し向けになったり
わたくしを苦しませぬようおねがいしたいと存じます
けだしわたくしはいかにもけちなものではありますが
自分の畑も耕せば
冬はあちこちに南京ぶくろをぶらさげた水稲肥料の設計事務所も出して居りまして
おれたちは大いにやろう約束しようなどいうことよりは
も少し下等な仕事で頭がいっぱいなのでございますから

そう申したとて別に何でもありませぬ
北上川が一ぺん汎濫しますると
百万疋の鼠が死ぬのでございますが
その鼠らがみんなやっぱりわたくしみたいな云い方を
生きてるうちは毎日いたして居りまするのでございます

二　空明と傷痍（しょうい）

一九二四、二、二〇、

顥気（こうき）の海の青びかりする底に立ち
いかにもそういう敬虔（けいけん）な風（ふう）に
一きれ白い紙巻煙草（シガーレット）を燃すことは
月のあかりやらんかんの陰画
つめたい空明への貢献（こうけん）である
……ところがおれの右掌（て）の傷は
　鋼青（こうじょう）いろの等寒線（とうかんせん）に
　　わくわくわくわく囲まれている……
しかればきみはピアノを獲（と）るの企画をやめて
かの中型のヴァイオルをこそ弾（ひ）くべきである
燦々（さんさん）として析出（せきしゅつ）される氷晶（ひょうしょう）を
総身浴（あ）びるその謙虚（けんきょ）なる直立は
営利の社団　賞を懸（か）けての広告などに

きおい出(い)づるにふさわしからぬ
　……ところがおれのてのひらからは
　　血がまっ青(さお)に垂れている……
月をかすめる鳥の影(かげ)
電信ばしらのオルゴール
泥岩(でいがん)を噛(か)む水瓦斯(ガス)と
一列黒いみおつくし
　……てのひらの血は
　　ぽけっとのなかで凍(こお)りながら
　たぶんぼんやり燐光(りんこう)をだす……

しかも結局きみがこれらの忠言を
気軽に採択(さいたく)できぬとすれば
その厳粛(げんしゅく)な教会風の直立も
気海の底の一つの焦慮(しょうりょ)の工場に過ぎぬ
月賦(げっぷ)で買った緑青(ろくしょう)いろの外套(がいとう)に
しめったルビーの火をともし
かすかな青いけむりをあげる
一つの焦慮の工場に過ぎぬ

一四　〔湧水を呑もうとして〕

一九二四、三、二四、

湧水を呑もうとして
犬の毛皮の手袋などを泥に落とし
あわててぴちゃぴちゃ
きれいな cress の波で洗ったりするものだから
きせるをくわえたり
日光に当ったりしている
小屋葺替えの村人たちが嗤うのだ

一六　五輪峠（ごりんとうげ）

一九二四、三、二四、

宇部（うべ）何だって？……
宇部興左エ門？……
ずいぶん古い名前だな
　　何べんも何べんも降った雪を
　いつ誰（たれ）が踏（ふ）み堅（かた）めたでもなしに
　みちはほそぼそ林をめぐる
地主ったたって
君の部落のうちだけだろう
野原の方ももってるのか
　……それは部落のうちだけです……
それでは山林でもあるんだな
　……十町歩（ちょうぶ）もあるそうです……
それで毎日糸織（いとおり）を着て

いろりのへりできせるを叩(たた)いて
政治家きどりでいるんだな
それは間もなく没落(ぼつらく)さ
いまだってもうマイナスだろう
　向こうは岩と松との高み
　その左にはがらんと暗いみぞれのそらがひらいている
そこが二番の峠かな
まだ三つなどあるのかなあ
　がらんと暗いみぞれのそらの右側に
　松が幾本(いくほん)生えている
　藪(やぶ)が陰気にこもっている
　なかにしょんぼり立つものは
　まさしく古い五輪の塔(とう)だ
　苔(こけ)に蒸(む)された花崗岩(みかげ)の古い五輪の塔だ

ああここは
五輪の塔があるために
五輪峠というんだな
ぼくはまた

峠がみんなで五っつあって
地輪峠水輪峠空輪峠というのだろうと
たったいままで思っていた
地図ももたずに来たからな
　そのまちがった五つの峯が
　どこかの遠い雪ぞらに
　さめざめ青くひかっている
　消えようとしてまたひかる

このわけ方はいいんだな
物質全部を電子に帰し
電子を真空異相といえば
いまとすこしもかわらない
　宇部五右衛門が目をつむる
　宇部五右衛門の意識はない
　宇部五右衛門の霊もない
　けれどももしも真空の
　こっちの側かどこかの側で
　いままで宇部五右衛門が

これはおれだと思っていた
そういうような現象が
ぽかっと万一起るとする
そこにはやっぱり類似のやつが
これがおれだとおもっている
それがたくさんあるとする
互(たが)いにおれはおれだという
互いにあれは雲だという
互いにこれは土だという
そういうことはなくはない
そこには別の五輪の塔(とう)だ
あ何だあいつは
　いま前に展(ひら)く暗いものは
　まさしく北上(きたかみ)の平野である
　薄墨(うすずみ)いろの雲につらなり
　酵母(こうぼ)の雪に朧(おぼ)ろにされて
　海と湛(たた)える藍(あい)と銀との平野である
向こうの雲まで野原のようだ

あすこらへんが水沢(みずさわ)か
君のところはどの辺だろう
そこらの丘(おか)のかげにあたっているのかな
そこにさっきの宇部五右エ門が
やはりきせるを叩(たた)いている

　雪がもうここにもどしどし降ってくる
塵(ちり)のように灰のように降ってくる
つつじやこならの灌木(かんぼく)も
まっくろな温石(おんじゃく)いしも
みんないっしょにまだらになる

一七　丘陵地を過ぎる

一九二四、三、二四、

きみのところはこの前山のつづきだろう
やっぱりこんなごつごつ黝い岩なんだろう
松や何かの生え方なぞもこの式で
田などもやっぱり段になったりしているんだな
いつころ行けばいいかなあ
ぼくの都合はまあ来月の十日ころ
仕事の方が済んでから
木を植える場所や何かも決めるから
ドイツ唐檜にバンクス松にやまならし
やまならしにもすてきにひかるやつがある
白樺は林のへりと憩みの草地に植えるとして
あとは杏の蒼白い花を咲かせたり
きれいにこさえとかないと

お嫁(よめ)さんにも済まないからな
雪が降り出したもんだから
きみはストウブのように赤くなってるねえ
　水がごろごろ鳴っている
さあ犬が吠(ほ)え出したぞ
そう云(い)っちゃ失敬(しっけい)だが
まず犬の中のカルゾーだな
喇叭(らっぱ)のようないい声だ
　ひばがきのなかの
あっちのうちからもこっちのうちからも
こどもらが叫(さけ)びだしたのは
けしかけているつもりだろうか
それともおれたちを気の毒がって
とめようとしているのだろうか
ははあきみは日本犬ですね
　生藁(わら)の上にねそべっている
　顔には茶いろな縞(しま)もある
どうしてぼくはこの犬を

こんなにばかにするのだろう
やっぱりしょうが合わないのだな
　どうだ雲が地平線にすれすれで
そこに一すじ白金環さえつくっている

一八　人首町(ひとかべ)

一九二四、三、二五、

雪や雑木(ぞうき)にあさひがふり
丘(おか)のはざまのいっぽん町は
あさましいまで光っている
そのうしろにはのっそり白い五輪峠(ごりんとうげ)
五輪峠のいただきで
鉛(なまり)の雲が湧(わ)きまた翔(か)け
南につづく種山(たねやま)ヶ原(はら)のなだらは
渦巻(うずま)くひかりの霧(きり)でいっぱい
つめたい風の合間から
ひばりの声も聞えてくるし
やどり木のまりには艸(くさ)いろのもあって
その梢(こずえ)から落ちるように飛ぶ鳥もある

一九　晴天恣意（しい）

一九二四、三、二五、

つめたくうららかな蒼穹（そうきゅう）のはて
五輪峠の上のあたりに
白く巨（おお）きな仏頂体（ぶっちょうたい）が立ちますと
数字につかれたわたくしの眼（め）は
ひとたびそれを異の空間の
高貴な塔（とう）とも愕（おど）ろきますが
畢竟（ひっきょう）あれは水と空気の散乱系
冬には稀（まれ）な高くまばゆい積雲です
とは云（い）えそれは再考すれば
やはり同じい大塔婆（とうば）
いただき八千尺（じゃく）にも充（み）ちる
光厳浄（ごんじょう）の構成です
あの天末の青らむま下

きららに氷と雪とを鎧い
樹や石塚の数をもち
石灰、粘板、砂岩の層と
花崗斑糲、蛇紋の諸岩
堅く結んだ準平原は
まこと地輪の外ならず
水風輪は云わずもあれ
白くまばゆい光と熱
電、磁、その他の勢力は
アレニウスをば俟たずして
たれか火輪をうたがわん
もし空輪を云うべくば
これら総じて真空の
その顕現を超えませぬ
斯くてひとたびこの構成は
五輪の塔と称すべく
秘奥は更に二義あって
いまはその名もはばかるべき

高貴の塔でありますので
もしも誰かがその樹を伐り
あるいは塚をはたけにひらき
乃至はそこらであんまりひどくイリスの花をとりますと
こういう青く無風の日なか
見掛けはしずかに盛りあげられた
あの玉髄の八雲のなかに
夢幻に人は連れ行かれ
見えない数個の手によって
かがやくそらにまっさかさまにつるされて
槍でずぶずぶ刺されたり
頭や胸を圧し潰されて
醒めてははげしい病気になると
そうひとびとはいまも信じて恐れます
さてそのことはとにかくに
雲量計の横線を
ひるの十四の星も截り
アンドロメダの連星も

しずかに過ぎるとおもわれる
そんなにもうるおいかがやく
碧瑠璃の天でありますので
いまやわたくしのまなこも冴え
ふたたび陰気な扉を排して
あのくしゃくしゃの数字の前に
かがみ込もうとしますのです

一九　塩水撰・浸種

一九二四、三、三〇、

塩水撰が済んでもういちど水を張る
陸羽一三二号
これを最後に水を切れば
穎果の尖が赤褐色で
うるうるとして水にぬれ
一つぶずつが苔か何かの花のよう
かすかにりんごのにおいもする
笊に顔を寄せて見れば
もう水も切れ俵にうつす
日ざしのなかの一三二号
青ぞらに電線は伸び
赤楊はあちこちガラスの巨きな籠を盛る
山の尖りも氷の稜も

あんまり淡(あわ)くけむっていて
まるで光と香(かおり)ばかりでできてるよう
湿田(ヒドロ)の方には
朝の氷の骸晶(がいしょう)が
まだ融(と)けないでのこっていても
高常(たかつね)水車の西側から
くるみのならんだ崖(がけ)のした
地蔵堂(じぞうどう)の巨(おお)きな杉まで
乾田(カタタ)の雪はたいてい消えて
青いすずめのてっぽうも
空気といっしょにちらちら萌(も)える
みちはやわらかな湯気(ゆげ)をあげ
白い割木(わりき)の束(たば)をつんで
次から次と町へ行く馬のあしなみはひかり
その一つの馬の列について来た黄いろな二ひきの犬は
尾をふさふさした大きなスナップ兄弟で
ここらの犬と、
はげしく走って好意を交(か)わす

今日を彼岸（ひがん）の了（おわ）りの日
雪消（ゆきげ）の水に種籾（たねもみ）をひたし
玉麩（たまぶ）を買って羹（あつもの）をつくる
ここらの古い風習である

二一　疱瘡

日脚の急に伸びるころ
かきねのひばの冴えるころは
ここらの乳いろの春のなかに
奇怪な紅教が流行する

一九二四、三、三〇、

二五　早春独白

一九二四、三、三〇、

黒髪もぬれ荷縄もぬれて
ようやくあなたが車室に来れば
ひるの電燈は雪ぞらにつき
窓のガラスはぼんやり湯気に曇ります
……青じろい磐のあかりと
　暗んで過ぎるひばのむら……
身丈にちかい木炭すごを
地蔵菩薩の龕かなにかのように負い
山の襞もけぶってならび
堰堤もごうごう激していた
あの山岨のみぞれのみちを
あなたがひとり走ってきて
この町行きの貨物電車にすがったとき

その木炭(すみ)すごの萱(かや)の根は
秋のしぐれのなかのよう
もいちど紅(あか)く燃えたのでした
　……雨はすきとおってまっすぐに降り
　　雪はしずかに舞いおりる
　　妖(あや)しい春のみぞれです……
みぞれにぬれてつつましやかにあなたが立てば
ひるの電燈(でんとう)は雪ぞらに燃え
ぼんやり曇(くも)る窓(まど)のこっちで
あなたは赤い捺染(なっせん)ネルの一きれを
エジプト風にかつぎにします
　……氷期の巨(おお)きな吹雪(ふぶき)の裔(すえ)は
　　ときどき町の瓦斯(ガス)燈を侵(おか)して
　　その住民を沈静(ちんせい)にした……
わたくしの黒いしゃっぽから
つめたくあかるい雫(しずく)が降り
どんよりよどんだ雪ぐもの下に
黄いろなあかりを点じながら

電車はいっさんにはしります

二九　休息

中空は晴れてうららかなのに
西嶺の雪の上ばかり
ぼんやり白く淀むのは
水晶球の滃りのよう
　……さむくねむたいひるのやすみ……
そこには暗い乱積雲が
古い洞窟人類の
方向のない Libido の像を
肖顔のようにいくつか掲げ
そのこっちではひばりの群が
いちめん漂い鳴いている
　……さむくねむたい光のなかで
　古い戯曲の女主人公が

一九二四、四、四、

　　　ひとりさびしくまことをちかう……
氷と藍との東橄欖山地から
つめたい風が吹いてきて
つぎからつぎと水路をわたり
またあかしやの棘ある枝や
すがれの禾草を鳴らしたり
三本立ったよもぎの茎で
ふしぎな曲線を描いたりする
　　　(eccolo qua!)
風を無数の光の点が浮き沈み
乱積雲の群像は
いまゆるやかに北へながれる

三五　測候所

シャーマン山の右肩がにわかに雪で被われました
うしろの方の高原も
おかしな雲がいっぱいで
なんだか非常に荒れて居ります
……凶作がとうとう来たな……
杉の木がみんな茶いろにかわってしまい
わたりの鳥はもう幾むれも落ちました
……炭酸表をもってこい……
いま雷が第六圏で鳴って居ります
公園はいま
町民たちでいっぱいです

一九二四、四、六、

四〇　烏（からす）

一九二四、四、六、

水いろの天の下
高原の雪の反射のなかを
風がすきとおって吹いている
茶いろに黝（くす）んだからまつの列が
めいめいにみなうごいている
烏が一羽菫外線（きんがいせん）に灼（や）けながら
その一本の異状に延（の）びた心にとまって
ずいぶん古い水いろの夢（ゆめ）をおもいだそうとあせっている
風がどんどん通って行けば
木はたよりなくぐらぐらゆれて
烏は一つのボートのように
　……烏もわざとゆすっている……
冬のかげろうの波に漂（ただよ）う

にもかかわらずあちこち雪の彫刻が
あんまりひっそりしすぎるのだ

四五　海蝕(かいしょく)台地

一九二四、四、六、

日がおしまいの六分圏(セキスタント)にはいってから
そらはすっかり鈍(にぶ)くなり
台地はかすんではてない意慾(いよく)の海のよう
　……かなしくもまたなつかしく
　　斎時(さいじ)の春の胸を噛(か)む
　　　見惑塵思(けんわくじんし)の海のいろ……
そこには波がしらの模様に雪ものこれば
いくつものからまつばやしや谷は
粛々(しゅくしゅく)起伏をつづけながら
あえかなそらのけむりにつづく
　……それはひとつの海蝕台地
　　古い劫(カルパ)の紀念碑(きねんひ)である……
たよりなくつけられたそのみちをよじ

憔悴苦行の梵士をまがう
坎坷な高原住者の隊が
一れつ蔭いろの馬をひいて
つめたい宙のけむりに消える

四六　山火

一九二四、四、六、

血紅の火が
ぼんやり尾根をすべったり
またまっ黒ないただきで
奇怪な王冠のかたちをつくり
焔の舌を吐いたりすれば
瑪瑙の針はしげく流れ
陰気な柳の髪もみだれる
……けたたましくも吠え立つ犬と
　泥灰岩の崖のさびしい反射……
或いはコロナや破けた肺のかたちに変る
この恐ろしい巨きな夜の華の下
　　（夫子夫子あなたのお目も血に染みました）
酔って口口罵りながら

村びとたちが帰ってくる

五二　嬰児

一九二四、四、一〇、

なにいろをしているともわからない
ひろぉいそらのひとところで
縁のまばゆい黒雲が
つぎからつぎと爆発される
　　(そらたんぽぽだ
　　　しっかりともて)
それはひとつずついぶった太陽の射面を過ぎて
いっぺんごとにおまえを青くかなしませる
　……そんなら雲がわるいといって
　　雲なら風に消されたり
　そのときどきにひかったり
　ただそのことが雲のこころというものなのだ……
そしてひとでもおんなじこと

鳥は矢羽のかたちになって
いくつも杉の梢に落ちる

五三　休　息

風はうしろの巨(おお)きな杉や
わたくしの黄いろな仕事着のえりを
つぎつぎ狼(おおかみ)の牙(きば)にして過ぎるけれども
わたくしは白金の百合(ゆり)のように
……三本鍬(ぐわ)の刃(は)もふるえろ……
ほのかにねむることができる

一九二四、四、一〇、

六九　〔どろの木の下から〕

どろの木の下から
いきなり水をけたてて
月光のなかへはねあがったので
狐（きつね）かと思ったら
例の原始の水きねだった
横に小さな小屋もある
粟（あわ）か何かを搗（つ）くのだろう
水はとうとうと落ち
ぼそぼそ青い火を噴（ふ）いて
きねはだんだん下（お）りている
水を落としてまたはねあがる
きねというより一つの舟（ふね）だ
舟というより一つのさじだ

一九二四、四、一九、

ぼろぼろ青くまたやっている
どこかで鈴が鳴っている
丘（おか）も峠（とうげ）もひっそりとして
そこらの草は
ねむさもやわらかさもすっかり鳥のこころもち
ひるなら羊歯（しだ）のやわらかな芽（め）や
桜草（プリムラ）も咲いていたろう
みちの左の栗（くり）の林で囲まれた
蒼鉛（そうえん）いろの影（かげ）の中に
鉤（かぎ）なりをした巨（おお）きな家が一軒（けん）黒く建っている
鈴（すず）は睡（ねむ）った馬の胸に吊（つる）され
呼吸につれてふるえるのだ
きっと馬は足を折って
蓐草（じょくそう）の上にかんばしく睡（ねむ）っている
わたくしもまたねむりたい
どこかで鈴とおんなじに啼（な）く鳥がある
たとえばそれは青くおぼろな保護色（ほごしょく）だ
向こうの丘の影の方でも啼いている

それからいくつもの月夜の峯（みね）を越（こ）えた遠くでは
風のように峡流（きょうりゅう）も鳴る

〔一七二〕〔いま来た角に〕

一九二四、四、一九、

いま来た角に
二本の白楊が立っている
雄花の紐をひっそり垂れて
青い氷雲にうかんでいる
そのくらがりの遠くの町で
床屋の鏡がただ青ざめて静まるころ
芝居の小屋が塵を沈めて落ちつくころ
帽子の影がそういうふうだ
シャープ鉛筆　月印
紫蘇のかおりの青じろい風
かれ草が変にくらくて
水銀いろの小流れは
蒔絵のように走っているし

そのいちいちの曲り目には
藪もぼんやりけむっている
一梃の銀の手斧が
水のなかだかまぶたのなかだか
ひどくひかってゆれている
太吉がひるま
この小流れのどこかの角で
まゆみの藪を截っていて
帰りにここへ落としたのだろう
なんでもそらのまんなかが
がらんと白く荒んでいて
風がおかしく酸っぱいのだ……
風……とそんなにまがりくねった桂の木
低原の雲も青ざめて
ふしぎな縞になっている……し
すももが熟して落ちるように
おれも鉛筆をぽろっと落とし
だまって風に溶けてしまおう

このういきょうのかおりがそれだ

風……骨　青さ
どこかで鈴が鳴っている
どれぐらいいま睡（ねむ）ったろう
青い星がひとつきれいにすきとおって
雲はまるで蠟（ろう）で鋳（い）たようになっているし
落葉はみんな落とした鳥の尾羽に見え
おれはまさしくどろの木の葉のようにふるえる

七三　有明

あけがたになり
風のモナドがひしめき
東もけむりだしたので
月は崇厳（すうごん）なパンの木の実にかわり
その香気（こうき）もまたよく凍（こお）らされて
はなやかに錫（すず）いろのそらにかかれば
白い横雲の上には
ほろびた古い山彙（さんい）の像が
ねずみいろしてねむたくうかび
ふたたび老いた北上川（きたかみ）は
それみずからの青くかすんだ野原のなかで
支流を納めてわずかにひかり
そこにゆうべの盛岡（もりおか）が

一九二四、四、二〇、

アークライトの点綴(てんてい)や
また町なみの氷燈(ひようとう)の列
ふく郁(いく)としてねむっている
滅(ほろ)びる最後の極楽鳥(ごくらくちよう)が
尾羽をひろげて息づくように
こうこうとしてねむっている
それこそここらの林や森や
野原の草をつぎつぎに食べ
代りに砂糖や木綿(もめん)を出した
やさしい化性(けしよう)の鳥であるが
　　しかも変らぬ一つの愛を
　わたしはそこに誓(ちか)おうとする
やぶうぐいすがしきりになき
のこりの雪があえかにひかる

七四　〔東の雲ははやくも蜜（みつ）のいろに燃え〕

一九二四、四、二〇、

東の雲ははやくも蜜のいろに燃え
丘（おか）はかれ草もまだらの雪も
あえかにうかびはじめまして
おぼろにつめたいあなたのよるは
もうこの山地のどの谷からも去ろうとします
ひとばんわたくしがふりかえりふりかえり来れば
巻雲（けんうん）のなかやあるいはけぶる青ぞらを
しずかにわたっていらせられ
また四更（しこう）ともおぼしいころは
ややにみだれた中ぞらの
二つの雲の炭素棒（たんそぼう）のあいだに
古びた黄金（きん）の弧光（ここう）のように
ふしぎな御座（みくら）を示されました

まことにあなたを仰ぐひとりひとりに
全(まった)くことなったかんがえをあたえ
まことにあなたのまどかな御座は
つめたい火口の数を示し
あなたの御座の運行は
公式にしたがってたがわぬを知って
しかもあなたが一つのかんばしい意志であり
われらに答えまたはたらきかける
巨(おお)きなあやしい生物であること
そのことはいましわたくしの胸を
あやしくあらたに湧(わ)きたたせます
ああああかつき近くの雲が凍(こお)れば凍るほど
そこらが明るくなればなるほど
あらたにあなたがお吐(は)きになる
エステルの香は雲にみちます
おお天子
あなたはいまにわかにくらくなられます

七五　北上山地の春

一九二四、四、二〇、

1

雪沓とジュートの脚絆
白樺は焔をあげて
熱く酸っぱい樹液を噴けば
こどもはとんびの歌をうたって
狸の毛皮を収穫する
打製石斧のかたちした
柱の列は煤でひかり
高くけわしい屋根裏には
いま朝餐の青いけむりがいっぱいで
大迦藍の穹窿のように
一本の光の棒が射している

そのなまめいた光象(こうしよう)の底
つめたい春のうまやでは
かれ草や雪の反照(はんしよう)
明るい丘(おか)の風を恋い
馬が蹄(ひづめ)をごとごと鳴らす

2

浅黄(あさぎ)と紺(こん)の羅沙(ラシヤ)を着て
やなぎは蜜(みつ)の花を噴き
鳥はながれる丘丘を
馬はあやしく急いでいる
　息熱いアングロアラヴ
　光って華奢(きやしや)なサラーブレッド
風の透明(とうめい)な楔形(せつけい)文字は
ごつごつ暗いくるみの枝に来て鳴らし
またいぬがやや笹(ささ)をゆすれば
　ふさふさ白い尾をひらめかす重挽馬(じゆうばんば)
あるいは巨(おお)きなとかげのように

日を航海するハックニー
馬はつぎつぎあらわれて
泥灰岩(でいかいがん)の稜(かど)を嚙(か)む
おぼろな雪融(ゆきどけ)の流れをのぼり
孔雀(くじやく)の石のそらの下
にぎやかな光の市場
種馬(しゆば)検査所へつれられて行く

3

かぐわしい南の風は
かげろうと青い雲滃(くもかげ)を載(の)せて
なだらのくさをすべって行けば
かたくりの花もその葉の斑(ふ)も燃える
黒い廐肥(きゆうひ)の籠(かご)をになって
黄や橙(だいだい)のかつぎによそい
いちれつみんなはのぼってくる
みんなはかぐわしい丘(おか)のいただき近く

黄金(きん)のゴールを梢(こずえ)につけた
大きな栗(くり)の陰影に来て
その消え残りの銀の雪から
燃える頬(ほお)やうなじをひやす

しかもわたくしは
このかがやかな石竹(せきちく)いろの時候を
第何ばん目の辛酸(しんさん)の春に数えたらいいか

七八　〔向こうも春のお勤めなので〕

一九二四、四、二七、

向こうも春のお勤めなので
すっきり青くやってくる
町ぜんたいにかけわたす
大きな虹をうしろにしょって
急いでいるのもむじゃきだし
鷺のかたちにちぢれた雲の
そのまっ下をやってくるのもかあいそう
　（Bonan Tagon, Sinjoro !）
　（Bonan Tagon, Sinjoro !）
桜の花が日に照ると
どこか蛙の卵のようだ

八六　山火

一九二四、五、四、

風がきれぎれ遠い列車のどよみを載せて
樹々にさびしく復誦する
　……その青黒い混淆林のてっぺんで
　　鳥が〝Zwar〟と叫んでいる……
こんどは風のけじろい外れを
蛙があちこちぼそぼそ咽び
舎生が潰れた喇叭を吹く
古びて蒼い黄昏である
　……こんやも山が焼けている……
野面ははげしいかげろうの波
茫と緑な麦ばたや
しまいは黝い乾田のはてに
濁って青い信号燈の浮標

……焼けているのは達曽部(たつそべ)あたり……
またあたらしい南の風が
はやしの縁(へり)で砕(くだ)ければ
馬をなだめる遥(はる)かな最低音(バス)と
つめたくふるう野薔薇(のばら)の芬気(かおり)
……山火がにわかに二つになる……
信号燈(シグナル)は赤く転(かわ)ってすきとおり
いちれつ浮ぶ防雪林を
淡い客車の光廓(こうかく)が
音なく北へかけぬける
……火は南でも燃えている
ドルメンまがいの花崗岩(みかげ)を載(の)せた
千尺(じゃく)ばかりの準平原が
あっちもこっちも燃えてるらしい
〈古代神楽(かぐら)を伝えたり
古風に公事(くじ)をしたりする
大償(おおつぐない)や八木巻(やきまき)へんの
小さな森林消防隊〉……

蛙は遠くでかすかにさやぎ
もいちどねぐらにはばたく鳥と
星のまわりの青い暈
……山火はけぶり　山火はけぶり……
半霄くらい稲光りから
わずかに風が洗われる

九〇　〔祠(ほこら)の前のちしゃのいろした草はらに〕

祠の前のちしゃのいろした草はらに
木影(こかげ)がまだらに降っている
……鳥はコバルト山に翔(か)け……
ちしゃのいろした草地のはてに
杉がもくもくならんでいる
……鳥はコバルト山に翔け……
那智(なち)先生の筆塚(ふでづか)が
青ぐもやまた氷雲(ひょううん)の底で
錏(びた)のかたちの粉苔(ふんたい)をつける
……鳥はコバルト山に翔け……
二本の巨(おお)きなとどまつが
荒(すさ)んで青く塚のうしろに立っている
……鳥はコバルト山に翔け……

一九二四、五、六、

樹（き）はこの夏の計画を
蒼々（あおあお）として雲に描く
……鳥はあっちでもこっちでも
朝のピッコロを吹いている……

九三　〔日脚（ひあし）がぼうとひろがれば〕

日脚がぼうとひろがれば
つめたい西の風も吹き
黒くいでたつむすめが二人
接骨木藪（にわとこやぶ）をまわってくる
けらを着　縄（なわ）で胸をしぼって
睡蓮（すいれん）の花のようにわらいながら
ふたりがこっちへあるいてくる
その蓋（ふた）のある小さな手桶（ておけ）は
きょうははたけへのみ水を入れて来たのだ
ある日は青い蓴菜（じゅんさい）を入れ
欠けた朱塗（しゅぬり）の椀（わん）をうかべて
朝がこれより爽（さわや）かなとき
町へ売りにも来たりする

一九二四、五、八、

赤い漆の小さな桶だ
けらがばさばさしてるのに
瓶のかたちの袴をはいて
おまけに鍬を二梃ずつ
けらにしばっているものだから
何か奇妙な鳥踊りでもはじめそう
大陸からの季節の風は
続けて枯れた草を吹き
にわとこ藪のかげからは
こんどは生徒が四人来る
赤い顔してわらっているのは狼沢
一年生の高橋は　北清事変の兵士のように
はすに包みをしょっている

九三　〔ふたりおんなじそういう奇体(きたい)な扮装(ふんそう)で〕　一九二四、一〇、二六、

ふたりおんなじそういう奇体な扮装で
はげしいかげろうの紐(ひも)をほぐし
しずかにならんで接骨樹藪(にわとこやぶ)をまわってくれば
季節の風にさそわれて
わざわざここの台地の上へ
ステップ地方の鳥の踊(おどり)
それをおどりに来たのかと
誰(たれ)でもちょっとはかんがえそう
けらがばさばさしてるのに
瓶(びん)のかたちのもんぺをはいて
めいめい鍬(くわ)を二梃(ちょう)ずつ
その刃(は)を平らにせなかにあて
荷縄(になわ)を胸に結(ゆ)いますと

その柄(え)は二枚の巨(おお)きな羽(はね)
かれ草もゆれ笹(ささ)もゆれ
こんがらかった遠くの桑(くわ)のはたけでは
けむりの青いLentoもながれ
崖(がけ)の上ではこどもの凧(たこ)の尾もひかる
そこをゆっくりまわるのは
もうどうしても　鳥 踊(フォーゲルタンツ)
大陸からの西風は
雪の長嶺(ながね)を越(こ)えてきて
かげろうの紐をときどき消し
翡翠(ひすい)いろした天頂では
ひばりもじゅうじゅくじゅうじゅく鳴らす
そこをしずしずめぐるのは
どうもまことに　鳥 踊(フォーゲルタンツ)
そこらでぴったりとまるのも
やっぱりもって鳥踊り
しばらく顔を見合わせながら
赤い手桶(ておけ)をはたけにおろし

天使のように向きあって
胸に手あてて立つという
ビザンチンから近世まで
大へん古いポーズです
おやおや胸の縄(なわ)をとく！
おひとりうしろへまわって行って
大(だい)じな羽をおろしてしまう
それからこちらが縄をとく
そちらが羽をおろしてあげる
けらをみがるにぬぎすてて
ままごとみたいに座(すわ)ってしまい
髪(かみ)をなでたり
ぽろっぽろっとおはなしなんどはじめれば
そこらあたりの茎(くき)ばっかしのキャベジから
ただもういちめんラムネのように
ごぼごぼと湧(わ)くかげろうばかり
鳥の踊(おど)りももうおしまい

九九　〔鉄道線路と国道が〕

一九二四、五、一六、

鉄道線路と国道が
ここらあたりは並行で
並木（なみき）の松は
そろってみちに影（かげ）を置き
電信ばしらはもう掘りおこした田のなかに
でこぼこ影をなげますと
いただきに花をならべて植えつけた
ちいさな萱（かや）ぶきのうまやでは
馬がもりもりかいばを嚙（か）み
頬（ほお）の赤いはだしの子どもは
その入口に稲草の縄を三本つけて
引っぱったりうたったりして遊んでいます
柳（やなぎ）は萌（も）えて青ぞらに立ち

田を犁(す)く馬はあちこちせわしく行きかえり
山は草火のけむりといっしょに
青く南へながれるよう
雲はしずかにひかって砕(くだ)け
水はころころ鳴っています
さっきのかがやかな松の梢(こずえ)の間には
一本の高い火の見はしごがあって
その片っ方の端(はし)が折れたので
赭髪(あかげ)の小さな goblin が
そこに座(すわ)ってやすんでいます
やすんでここらをながめています
ずうっと遠くの崩(くず)れる風のあたりでは
草の実を啄(ついば)むやさしい鳥が
かすかにごろごろ鳴いています
このとき銀いろのけむりを吐(は)き
ここらの空気を楔(くさび)のように割(さ)きながら
急行列車が出て来ます
ずいぶん早く走るのですが

車がみんなまわっているのは見えますので
さっきの頰の赤いはだしの子どもは
稲草の縄をうしろでにもって
汽車の足だけ見て居ます
その行きすぎた黒い汽車を
この国にむかしから棲んでいる
三本鍬をかついだ巨きな人が
にがにが笑ってじっとながめ
それからびっこをひきながら
線路をこっちへよこぎって
いきなりぽっかりなくなりますと
あとはまた水がころころ鳴って
馬がもりもり嚙むのです

一〇六 〔日はトパースのかけらをそそぎ〕

一九二四、五、一八、

日はトパースのかけらをそそぎ
雲は酸敗（さんぱい）してつめたくこごえ
ひばりの群はそらいちめんに浮沈（ふちん）する
　（おまえはなぜ立っているか
　　立っていてはいけない
　　沼の面にはひとりのアイヌものぞいている）
一本の緑天蚕絨（ビロード）の杉の古木が
南の風にこごった枝をゆすぶれば
ほのかに白い昼の蛾（が）は
そのたよりない気岸の線を
さびしくぐらぐら漂流する
　（水は水銀で
　　風はかんばしいかおりを持ってくると

　そういう型の考え方も
やっぱり鬼神（きじん）の範疇（はんちゅう）である）
アイヌはいつか向こうへうつり
蛾はいま岸の水ばしょうの芽（め）をわたっている

一一六　津軽海峡

一九二四、五、一九、

南には黒い層積雲の棚ができて
二つの古びた緑青いろの半島が
こもごもひるの疲れを払う
　……しばしば海霧を析出する
　　二つの潮の交会点……
波は潜まりやきらびやかな点々や
反覆される異種の角度の正反射
あるいは葱緑と銀との縞を織り
また錫病と伯林青
水がその七いろの衣裳をかえて
朋に誇っているときに
　……喧びやしく澄明な
　　東方風の結婚式……

船はけむりを南にながし
水脈は凄美な砒素鏡になる

早くも北の陽ざしの中に
蝦夷の陸地の起伏をふくみ
また雨雲の渦巻く黒い尾をのぞむ

一一八　函館港春夜光景

地球照ある七日の月が
海峡の西にかかって
岬の黒い山々が
雲をかぶってただずめば
そのうら寒い螺鈿の雲も
またおぞましく呼吸する
そこに喜歌劇オルフィウス風の
赤い酒精を照明し
妖蠱奇怪な虹の汁をそそいで
春と夏とを交雑し
水と陸との市場をつくる
　………………きたわいな
つじうらはっけがきたわいな

一九二四、五、一九、

オダルハコダテガスタルダイト
ハコダテネムロインディコライト
マオカヨコハマ船燈(せんとう)みどり
フナカワロモエ汽笛(きてき)は八時
うんとそんきのはやわかり
かいりくいっしょにわかります
海ぞこのマクロフィスティス群にもまがう
巨桜(きょおう)の花の梢(こずえ)には
いちいちに氷質の電燈を盛(も)り
朱と蒼白(そうはく)のうっこんこうに
海百合(うみゆり)の椀(わん)を示せば
釧路(くしろ)地引の親方連(おやかたれん)は
まなじり遠く酒を汲(く)み
魚の歯したワッサーマンは
狂おしく灯影を過ぎる
　……五がつはこだてこうえんち
　　えんだんまちびとねがいごと
　　　うみはうちそと日本うみ

りょうばのあたりもわかります……

夜ぞらにふるうビオロンと銅鑼
サミセンにもつれる笛や
繰りかえす螺のスケルツォ
あわれマドロス田谷力三は
ひとりセビラの床屋を唱い
高田正夫はその一党と
紙の服着てタンゴを踊る
このとき海霧はふたたび襲い
はじめは翔ける火蛋白石や
やがては丘と広場をつつみ
月長石の映えする雨に
孤光わびしい陶磁とかわり
白のテントもつめたくぬれて
紅蟹まどうバナナの森を
辛くつぶやくクラリオネット

風はバビロン柳をはらい

またときめかす花梅のかおり
青いえりしたフランス兵は
桜の枝をささげてわらい
船渠会社の観桜団が
瓶をかざして広場を穫れば
気笛はふるい犬吠えて
地照かぐろい七日の月は
日本海の雲にかくれる

一二三　馬

いちにちいっぱいよもぎのなかにはたらいて
馬鈴薯(ばれいしょ)のようにくさりかけた馬は
あかるくそそぐ夕陽(ゆうひ)の汁(しる)を
食塩の結晶したばさばさの頭に感じながら
はたけのへりの熊笹(くまざさ)を
ぼりぼりぼりぼり食っていた
それから青い晩が来て
ようやく厩(うまや)に帰った馬は
高圧線にかかったように
にわかにばたばた云(い)いだした
馬は次の日冷たくなった
みんなは松の林の裏へ
巨(おお)きな穴をこしらえて

一九二四、五、二二、

馬の四つの脚（あし）をまげ
そこへそろそろおろしてやった
がっくり垂れた頭の上へ
ぼろぼろ土を落としてやって
みんなもぼろぼろ泣いていた

一二六　牛

一ぴきのエーシャ牛が
草と地靄（じもや）に角（つの）をこすってあそんでいる
うしろではパルプ工場の火照（ほて）りが
夜なかの雲を焦（こ）がしているし
低い砂丘（さきゆう）の向こうでは
海がどんどん叩（たた）いている
しかもじつに掬（すく）っても呑（の）めそうな
黄銅（おうどう）いろの月あかりなので
牛はやっぱり機嫌（きげん）よく
こんどは角で柵（さく）を叩（たた）いてあそんでいる

一九二四、五、二二、

一三三　〔つめたい海の水銀が〕

一九二四、五、二三、

つめたい海の水銀が
無数かがやく鉄針を
水平線に並行にうかべ
ことにも繁(しげ)く島の左右に集めれば
島は霞(かす)んだ気層の底に
ひとつの硅化花園(けいかかえん)をつくる
銅　緑(カパーグリン)の色丹松(しこたんまつ)や
緑礬(りよくばん)いろのとどまつねずこ
また水際には鮮(あざ)らな銅で被(おお)われた
巨(おお)きな枯(か)れたいたやもあって
風のながれとねむりによって
みんないっしょに酸化されまた還元される

一三九　夏

木の芽（め）が油緑（ゆりよく）や喪神青（そうしんせい）にほころび
あちこち四角な山畑には
桐（きり）が睡（ねむ）たく咲きだせば
こどもをせおったかみさんたちが
毘沙門天（びしゃもんてん）にたてまつる
赤や黄いろの幡（はた）をもち
きみかげそうの空谷や
ただれたように鳥のなく
いくつもの緩（ゆる）い峠（とうげ）を越（こ）える

一九二四、五、二三、

一四五　比叡（幻聴）

一九二四、五、二五、

黒い麻のころもを着た
六人のたくましい僧たちと
わたくしは山の平に立っている
　それは比叡で
　みんなの顔は熱している
雲もけわしくせまってくるし
湖水も青く湛えている
　（うぬぼれ　うんきのないやつは）
ひとりが所在なさそうにどなる

二七　鳥の遷移（せんい）

鳥がいっぴき蔥緑（そうりょく）の天をわたって行く
わたくしは二こえのかっこうを聴（き）く
からだがひどく巨（おお）きくて
それにコースも水平なので
誰（たれ）か模型に弾条（バネ）でもつけて飛ばしたよう
それだけどこか気の毒だ
鳥は遷（うつ）り　さっきの声は時間の軸（じく）で
青い鏃（やじり）のグラフをつくる
　……きららかに畳（たた）む山彙（さんい）と
　　水いろのそらの縁辺……
鳥の形はもう見えず
いまわたくしのいもうとの
墓場の方で啼（な）いている

一九二四、六、二一、

……その墓森の松のかげから
　黄いろな電車がすべってくる
　　ガラスがいちまいふるえてひかる
　　　もう一枚がならんでひかる……
鳥はいつかずっとうしろの
煉瓦（れんが）工場の森にまわって啼いている
あるいはそれはべつのかっこうで
さっきのやつはまだくちはしをつぐんだまま
水を呑（の）みたそうにしてそらを見上げながら
墓のうしろの松の木などに
とまっているかもわからない

一五二　林学生

一九二四、六、二二、

ラクムス青（ブラウ）の風だという
シャツも手帳も染まるという
おお高雅（こうが）なるこれらの花藪（やぶ）と火山塊（かい）との配列よ
ぼくはふたたびここを訪（おとな）い
見取りをつくっておこうという
そうだかえってあとがいい
藪（やぶ）に花なぞない方が
いろいろ　緑（グリーン）の段階（ステージ）で
舶来（はくらい）風の粋（いき）だという
いいやぼくのは画（え）じゃないよ
あとでどこかの大公園に
そっくり使う平面図だよ
うわあ測量するのかい

そいつの助手はごめんだよ
もちろんたのみはしないという
東の青い山地の上で
何か巨(おお)きなかけがねをかう音がした
それは騎(き)兵(へい)の演習だろう
いやそうでない盛岡(もりおか)駅の機関庫さ
そんなもんではぜんぜんない
すべてこういう高みでは
かならずなにかああいうふうの
得(え)体(たい)のしれない音をきく
それは一箇(こ)の神秘(しんぴ)だよ
神秘でないよ気圧だよ
気圧でないよ耳鳴りさ
みんないっしょに耳鳴りか
もいちど鳴るといいなという
センチメンタル！　葉笛(はぶえ)を吹くな
ええシューベルトのセレナーデ
これから独奏なさいます

やかましいやかましいやかましいい
その葉をだいじにしまっておいて
晩頂上で吹けという
先生先生山地の上の重たいもやのうしろから
赤く潰(つぶ)れたおかしなものが昇(で)てくるという
　（それは潰れた赤い信頼！
　　天台　ジェームスその他によれば！）
ここらの空気はまるで鉛糖溶液(えんとうようえき)です
それにうしろも三合目まで
ただまっ白な雲の澱(よど)みにかわっています
月がおぼろな赤いひかりを送ってよこし
遠くで柏(かしわ)が鳴るという
月のひかりがまるで掬(すく)って呑(の)めそうだ
それから先生　鷹(たか)がどこかで磬(けい)を叩(たた)いていますという
　（ああそうですか　鷹が磬など叩くとしたら
　　どてらを着ていて叩くでしょうね）
鷹ではないよ　くいなだよ
くいなでないよ　しぎだよという

月はだんだん明るくなり
羊歯(しだ)ははがねになるという
みかげの山も粘板岩(ねんばんがん)の高原も
もうとっぷりと暮れたという
ああこの風はすなわちぼく
且(か)つまたぼくが
ながれる青い単斜(たんしゃ)のタッチの一片という
（しかも　月(ルーノ)よ
　あなたの鈍(にぶ)い銅線の
　二三はひとももって居(お)ります）
あっちでもこっちでも
鳥はしずかに叩くという

一五四　亜細亜学者の散策

一九二四、七、五、

気圧が高くなったので
地平の青い膨らみが
徐々に平位に復して来た
蓋し国土の質たるや
剛に過ぐるを尊ばず
地面が踏みに従って
小さい歪みをなすことは
天竺乃至西域の
永い夢想であったのである

紫紺のいろに湿った雲のこっち側
何か播かれた四角な畑に
かながら製の幢幡とでもいうべきものが

八つ正しく立てられていて
いろいろの風にさまざまになびくのは
たしかに鳥を追うための装置であって
誰（たれ）とて異論もないのであるが
それがことさらああいう風（ふう）な
八の数をそろえたり
方位を正して置かれたことは
ある種拝天（はいてん）の余習（よしゅう）であるか
一種の隔世（かくせい）遺伝であるか
わたしはこれをある契機（けいき）から
ドルメン周囲の施設の型と考える

日が青山に落ちようとして
麦が古金（こきん）に熟するとする
わたしが名指す古金とは
今日世上一般の
暗い黄いろなものでなく
竜樹菩薩（りゅうじゅぼさつ）の大論（だいろん）に

わずかに暗示されたるもの
すなわちその徳はなはだ高く
その相はるかに旺んであって
むしろ quick gold ともなすべき
わくわくたるそれを云うのである
水はいつでも水であって
一気圧下に零度で凍り
摂氏四度の水銀は
比重十三ポイント六なるごとき
そうした式の考え方は
現代科学の域内にても
俗説たるを免れぬ

そう亀茲国の夕日のなかを
やっぱりたぶんこういうふうに
鳥がすうすう流れたことは
そこの出土の壁画から
ただちに指摘できるけれども

池地の青いけむりのなかを
はぐろとんぼがとんだかどうか
そは杳(よう)として知るを得ぬ

一五五　〔温(ぬる)く含(ふく)んだ南の風が〕

一九二四、七、五、

温く含んだ南の風が
かたまりになったり紐(ひも)になったりして
りゅうりゅう夜の稲を吹き
またまっ黒な水路のへりで
はんやくるみの木立(こだち)にそそぐ
　……地平線地平線
　　灰いろはがねの天末で
　　銀河(ぎんが)のはじが茫乎(ぼうこ)とけむる……
熟した藍(あい)や糀(こうじ)のにおい
一きわ過ぎる風跡に
蛙(かえる)の族は声をかぎりにうたい
ほたるはみだれていちめんとぶ
……赤眼(あかめ)の蠍(さそり)

萱(かや)の髪(かみ)
わずかに澱(よど)む風の皿……
蛍(ほたる)は消えたりともったり
泥(どろ)はぶつぶつ醱酵(はっこう)する
……風が蛙をからかって
そんなにぎゅっぎゅっ云(い)わせるのか
蛙が風をよろこんで
そんなにぎゅっぎゅっ叫(さけ)ぶのか……

北の十字のまわりから
三目星(カシオペーア)の座のあたり
天はまるでいちめん
青じろい疱瘡(ほうそう)にでもかかったよう
天の川はまたぼんやりと爆発(ばくはつ)する
……ながれるというそのことが
ただもう風のこころなので
稲を吹いては鳴らすと云い
蛙に来ては鳴かすという……
天の川の見掛(みか)けの燃えを原因した

高みの風の一列は
射手（いて）のこっちで一つの邪気（じゃき）をそらにはく
それのみならず蠍座（さそりざ）あたり
西蔵魔神（さいぞうまじん）の布呂（ふろ）に似た黒い思想があって
南斗のへんに吸いついて
そこらの星をかくすのだ
けれども悪魔というやつは
天や鬼神（きじん）とおんなじように
どんなに力が強くても
やっぱり流転（るてん）のものだから
やっぱりあんなに
やっぱりあんなに
どんどん風に溶かされる
星はもうそのやさしい面 影（アントリッツ）を恢復（かいふく）し
そらはふたたび古代意慾（いよく）の曼陀羅（まんだら）になる
　……蛍（ほたる）は青くすきとおり
　　稲はざわざわ葉擦（はず）れする……
うしろではまた天の川の小さな爆発

たちまち百のちぎれた雲が
星のまばらな西寄りで
難陀竜家の家紋を織り
天をよそおう鬼の族は
ふたたび蠍の大火をおかす
……蛙の族はまた軋り
　大梵天ははるかにわらう……
奇怪な印を挙げながら
ほたるの二疋がもつれてのぼり
まっ赤な星もながれれば
水の中には末那の花
ああああたたかな憂陀那の群が
南から幡になったり幕になったりして
くるみの枝をざわだたせ
またわれわれの耳もとで
銅鑼や銅角になって砕ければ
古生銀河の南のはじは
こんどは白い湯気を噴く

（風ぐらを増す
　風ぐらを増す）
そうらこんどは
射手（いて）から一つ光照弾（こうしょうだん）が投下され
風にあらびるやなぎのなかを
淫蕩（いんとう）に青くまた冴（さ）え冴（ざ）えと
蛍（ほたる）の群がとびめぐる

一五六　〔この森を通りぬければ〕

一九二四、七、五、

この森を通りぬければ
みちはさっきの水車へもどる
鳥がぎらぎら啼(な)いている
たしか渡りのつぐみの群だ
夜どおし銀河(ぎんが)の南のはじが
白く光って爆発(ばくはつ)したり
蛍があんまり流れたり
おまけに風がひっきりなしに樹(き)をゆするので
鳥は落ちついて睡(ねむ)られず
あんなにひどくさわぐのだろう
けれども
わたくしが一あし林のなかにはいったばかりで
こんなにはげしく

こんなに一そうはげしく
まるでにわか雨のようになくのは
何というおかしなやつらだろう
ここは大きなひばの林で
そのまっ黒ないちいちの枝から
あちこち空のきれぎれが
いろいろにふるえたり呼吸したり
云(い)わばあらゆる年代の
光の目録(カタログ)を送ってくる
　　……鳥があんまりさわぐので
　　　私はぼんやり立っている……
みちはほのじろく向こうへながれ
一つの木立(こだち)の窪(くぼ)みから
赤く濁(にご)った火星がのぼり
鳥は二羽だけいつかこっそりやって来て
何か冴(さ)え冴(ざ)え軋(きし)って行った
ああ風が吹(ふ)いてあたたかさや銀の分子(モリキル)
あらゆる四面体の感触(かんしょく)を送り

蛍（ほたる）が一そう乱れて飛べば
鳥は雨よりしげくなき
わたくしは死んだ妹の声を
林のはてのはてからきく
　……それはもうそうでなくても
　誰（たれ）でもおなじことなのだから
　　またあたらしく考え直すこともない……
草のいきれとひのきのにおい
鳥はまた一そうひどくさわぎだす
どうしてそんなにさわぐのか
田に水を引く人たちが
抜き足をして林のへりをあるいても
南のそらで星がたびたび流れても
べつにあぶないことはない
しずかに睡（ねむ）ってかまわないのだ

一五七　〔ほおじろは鼓（つづみ）のかたちにひるがえるし〕　一九二四、七、、

ほおじろは鼓のかたちにひるがえるし
まっすぐにあがるひばりもある
岩頸（がんけい）列はまだ暗い霧（きり）にひたされて
貢（たてまつ）った暁（あかつき）の睡（ねむ）りをまもっているが
この峡流（きょうりゅう）の出口では
麻（あさ）のにおいやオゾンの風
もう電動機（モートル）も電線も鳴る
夜もすがら
風と銀河（ぎんが）のあかりのなかで
ガスエンジンの爆音（ばくおん）に
灌漑（かんがい）水の急にそなえたわかものたち
いまはなやかな田園の黎明（れいめい）のために
それらの青い草山の

波立つ萱や
古風な稗の野末をのぞみ
東のそらの黝んだ葡萄鼠と
赤縞入りのアラゴナイトの盃で
この清冽な朝の酒を
胸いっぱいに汲もうでないか
見たまえあすこら四列の虹の交流を
水いろのそらの渚による沙に
いまあたらしく朱金や風がちぢれ
ポプルス楊の幾本が
繊細な葉をめいめいせわしくゆすっている
湧くようにひるがえり
叫ぶようにつたわり
じつにわれらのねがいをば
いっしんに発信しているのだ

一五八　〔北上川は熒気をながしィ〕

一九二四、七、一五、

（北上川は熒気をながしィ
山はまひるの思睡を翳す）
　南の松の林から
　なにかかすかな黄いろのけむり
（こっちのみちがいいじゃあないの）
（おかしな鳥があすこに居る！）
（どれだい）
　稲草が魔法使いの眼鏡で見たというふうで
天があかるい孔雀石板で張られているこのひなか
川を見おろす高圧線に
　まこと思案のその鳥です
（ははあ　あいつはかわせみだ
翡翠さ　めだまの赤い

ああミチア　今日もずいぶん暑いねえ）
（何よ　ミチアって）
（あいつの名だよ
ミの字はせなかのなめらかさ
チの字はくちのとがった工合
アの字はつまり愛称だな）
（マリアのアの字も愛称なの？）
（ははは、来たな
聖母はしかくののしりて
クリスマスをば待ちたまうだ）
（クリスマスなら毎日だわ
受難日だって毎日だわ
あたらしいクリストは
千人だってきかないから
万人だってきかないから）
（ははあ　こいつは……　）
　　まだ魚狗はじっとして
　　　川の青さをにらんでいます

（……ではこんなのはどうだろう
あたいの兄貴はやくざもの　と）
（それなによ）
（まあ待って
あたいの兄貴はやくざものと
あしが弱くてあるきもできずと
口をひらいて飛ぶのが手柄
名前を夜鷹と申します）
（おもしろいわ　それなによ）
（まあ待って
それにおととも卑怯もの
花をまわってミーミー鳴いて
蜜を吸うのが……ええと、蜜を吸うのが……）
（得意です？）
（いや）
（何より自慢？）
（いや、ええと
蜜を吸うのが日永の仕事

蜂（はち）の雀（すずめ）と申します）
（おもしろいわ　それ何よ？）
（あたいというのが誰（たれ）だとおもう？）
（わからないわ）
（あすこにとまっていらっしゃる
目のりんとしたお嬢（じょう）さん）
（かわせみ？）
（まあそのへん）
（よだかがあれの兄貴なの？）
（そうだとさ）
（蜂雀かが弟なの）
（そうだとさ
第一それは女学校だかどこだかの
おまえの本にあったんだぜ）
（知らないわ）
　さてもこんどは獅子独活（ししうど）の
　月光いろの繖形花（さんけいか）から
　びろうどこがねが一聯隊（れんたい）

　青ぞら高く舞い立ちます
（まあ大きなバッタカップ！）
（ねえあれつきみそうだねえ）
（はははは）
（学名は何ていうのよ）
（学名なんかうるさいだろう）
（だって普通のことばでは
属やなにかも知れないわ）
（エノテララマーキアナ何とかっていうんだ）
（ではラマークの発見だわね）
（発見にしちゃなりがすこうし大きいぞ）
　燕麦の白い鈴の上を
　　へらさぎ二疋わたってきます
（どこかですももを灼いてるわ）
（あすこの松の林のなかで
木炭かなんかを焼いてるよ）
（木炭窯じゃない瓦窯だよ）
（瓦窯くとこ見てもいい？）

（いいだろう）

林のなかは淡いけむりと光の棒
窯の奥には火がまっしろで
屋根では一羽
ひよがしきりに叫んでいます
（まああたし
ラマーキアナの花粉でいっぱいだわ）
　イリスの花はしずかに燃える

一六六　薤露青（かいろせい）

一九二四、七、一七、

みおつくしの列をなつかしくうかべ
薤露青の聖（きよ）らかな空明（くうめい）のなかを
たえずさびしく湧（わ）き鳴りながら
よもすがら南十字へながれる水よ
岸のまっくろなくるみばやしのなかでは
いま膨大（ぼうだい）なわかちがたい夜の呼吸から
銀の分子が析出（せきしゅつ）される
　……みおつくしの影（かげ）はうつくしく水にうつり
　　プリオシンコーストに反射して崩（くず）れてくる波は
　　ときどきかすかな燐光（りんこう）をなげる……
橋板や空がいきなりいままた明るくなるのは
この旱天（かんてん）のどこからかくるいなびかりらしい
水よわたくしの胸いっぱいの

やり場所のないかなしさを
はるかなマジェランの星雲へとどけてくれ
そこには赤いいさり火がゆらぎ
蝎(さそり)がうす雲の上を這(は)う
　……たえず企画したえずかなしみ
　　たえず窮乏(きゅうぼう)をつづけながら
　　　どこまでもながれて行くもの……
この星の夜の大河の欄干(らんかん)はもう朽(く)ちた
わたくしはまた西のわずかな薄明(はくめい)の残りや
うすい血紅瑪瑙(けっこうめのう)をのぞみ
しずかな鱗(うろこ)の呼吸をきく
　……なつかしい夢(ゆめ)のみおつくし……

声のいい製糸場の工女たちが
わたくしをあざけるように歌って行けば
そのなかにはわたくしの亡(な)くなった妹の声が
たしかに二つも入っている
　……あの力いっぱいに

細い弱いのどからうたう女の声だ……
杉ばやしの上がいままた明るくなるのは
そこから月が出ようとしているので
鳥はしきりにさわいでいる
……みおつくしらは夢(ゆめ)の兵隊……
南からまた電光がひらめけば
さかなはアセチレンの匂(におい)をはく
水は銀河(ぎんが)の投影(とうえい)のように地平線までながれ
灰いろはがねのそらの環(わ)
……ああ　いとしくおもうものが
そのままどこへ行ってしまったかわからないことが
なんといういいことだろう……

かなしさは空明から降り
黒い鳥の鋭(するど)く過(よ)ぎるころ
秋の鮎(あゆ)のさびの模様が
そらに白く数条わたる

一七九　〔北いっぱいの星ぞらに〕

一九二四、八、一七、

北いっぱいの星ぞらに
ぎざぎざ黒い嶺線(りょうせん)が
手にとるように浮いていて
幾(いく)すじ白いパラフィンを
つぎからつぎと噴(ふ)いている
　そこにもくもく月光を吸う
　蒼(あお)くくすんだ海綿体(カステーラ)
萱野(かやの)十里もおわりになって
月はあかるく右手の谷に南中し
みちは一すじしらしらとして
椈(ぶな)の林にはいろうとする
　……あちこち白い楢(なら)の木立(こだち)と
　　降るような虫のジロフォン……

橙（だいだい）いろと緑との
花粉ぐらいの小さな星が
互（たが）いにささやきかわすがように
黒い露岩（ろがん）の向こうに沈（しず）み
山はつぎつぎそのでこぼこの嶺線（りょうせん）から
パラフィンの紐（ひも）をとばしたり
突然銀の挨拶（あいさつ）を
上流（かみ）の仲間に抛（な）げかけたり

　Astilbe argentium
　Astilbe platinicum

いちいちの草穂（くさぼ）の影（かげ）さえ落ちる
この清澄（せいちょう）な昧爽（まいそう）ちかく
ああ東方の普賢菩薩（ふげんぼさつ）よ
微（かす）かに神威（しんい）を垂れ給（たま）い
曽（か）つて説（と）かれし華厳（けごん）のなか
仏界形円きもの
形花台の如（ごと）きもの
覚者の意志に住するもの

衆生（しゅじょう）の業（ごう）にしたがうもの
この星ぞらに指し給え
　……点々白い伐株（きりかぶ）と
　　まがりくねった二本のかつら……
ひとすじ蜘蛛（くも）の糸ながれ
ひらめく萱（かや）や
月はいたやの梢（こずえ）にくだけ
木影（こかげ）の窪（くぼ）んで鉛（なまり）の網（あみ）を
わくらばのように飛ぶ蛾（が）もある

一八一　早池峰山巓

一九二四、八、一七、

あやしい鉄の隈取りや
数の苔から彩られ
また捕虜岩の浮彫と
石絨の神経を懸ける
この山巓の岩組を
雲がきれぎれ叫んで飛べば
露はひかってこぼれ
釣鐘人蔘のいちいちの鐘もふるえる
みんなは木綿の白衣をつけて
南は青いはい松のなだらや
北は渦巻く雲の髪
草穂やいわかがみの花の間を
ちぎらすような冽たい風に

眼もうるうるして息吹きながら
踵を次いで攀ってくる
九旬にあまる旱天つづきの焦燥や
夏蚕飼育の辛苦を了えて
よろこびと寒さとに泣くようにしながら
ただいっしんに登ってくる
　　……向こうではあたらしいぼそぼその雲が
　　　まっ白な火になって燃える……
ここはこけももとはなさくうめばちそう
かすかな岩の輻射もあれば
雲のレモンのにおいもする

一八四　春

空気がぬるみ
沼には鷺百合（さぎゆり）の花が咲いた
むすめたちは
みなつややかな黒髪（くろかみ）をすべらかし
あたらしい紺（こん）のペッティコートや
また春らしい水いろの上着
プラットフォームの陸橋の段のところでは
赤縞（あかじま）のずぼんをはいた老楽長が
そらこんな工合（ぐあい）だというふうに
楽譜を読んできかせているし
山脈（さんみゃく）はけむりになってほのかにながれ
鳥は燕麦（えんばく）のたねのように
いくかたまりもいくかたまりも過ぎ

一九二四、八、二二、

青い蛇（へび）はきれいなはねをひろげて
そらのひかりをとんで行く
ワルツ第CZ号の列車は
まだ向こうのぷりぷり顫（ふる）う地平線に
その白いかたちを見せていない

一八四　「春」変奏曲

いろいろな花の爵（しゃく）やカップ
それが厳（いか）めしい蓋（ふた）を開けて
青や黄いろの花粉を噴（ふ）くと
そのあるものは
片っぱしから沼に落ちて
渦（うず）になったり条（すじ）になったり
ぎらぎら緑の葉をつき出した水ぎぼうしの株を
あっちへこっちへ避けてしずかに滑（すべ）っている
ところがプラットフォームにならんだむすめ
そのうちひとりがいつまでたっても笑いをやめず
みんなが肩（かた）やせなかを叩（たた）き
いろいろしてももうどうしても笑いやめず

一九二四、八、二二、
一九三三、七、五、

（ギルダちゃんたらいつまでそんなに笑うのよ）
（あたし……やめようとおも……うんだけれど……）
（水を呑んだらいいんじゃあないの）
（誰かせなかをたたくといいわ）
（さっきのドラゴが何か悪気を吐いたのよ）
（眼がさきにおかしいの　お口がさきにおかしいの？）
（そんなことさきいたってしかたないわ）
（のどが……とっても……くすぐったい……の……）
（まあ大へんだわ　あら楽長さんがやってきた）
（みんなこっちへかたまって　何かしたかい）
（ギルダちゃんとてもわらってひどいのよ）
（星葉木の胞子だろう
のどをああんとしてごらん
こっちの方のお日さまへ向いて
そうそう　おお桃いろのいいのどだ
やっぱりそうだ
星……葉木の胞子だな
つまり何だよ　星葉木の胞子にね

四本の紐（ひも）があるんだな
そいつが息の出入のたんび
湿気の加減がかわるんで
のどでのびたり
くるっと巻いたりするんだな
誰（たれ）かはんけちを　水でしぼってもっといで
あっあっ沼の水ではだめだ
あすこでことこと云（い）っている
タンクの脚（あし）でしぼっておいで
ぜんたい星葉木（せいようぼく）なんか
もう絶滅している筈（はず）なんだが
どこにいったいあるんだろう
なんでも風の上だから
あっちの方にはちがいないが）
　そっちの方には星葉木のかたちもなくて
手近に五本巨（おお）きなドロが
かがやかに日を分割（ぶんかく）し
わずかに風にゆれながら

枝いっぱいに硫黄（いおう）の粒を噴（ふ）いています
（先生、はんけち）
（ご苦労、ご苦労
ではこれを口へあてて
しずかに四五へん息をして　そうそう
えへんとひとつしてごらん
もひとつえへん　そう　どうだい）
（ああ助かった
先生どうもありがとう）
（ギルダちゃん　おめでとう）
（ギルダちゃん　おめでとう）
　ベーリング行ＸＺ号の列車は
いま触媒（しょくばい）の白金を噴いて
線路に沿った黄いろな草地のカーペットを
ぶすぶす黒く焼き込（こ）みながら
梃々（ていてい）として走って来ます

一九一　風と杉

杉のいちいちの緑褐の房に
まばゆい白い空がかぶさり
蜂は熱いまぶたをうなり
風が吹けば白い建物
……一つの汽笛の Cork-screw……
銀や痛みやさびしく口をつぐむひと
……それはわたしのようでもある
　白金の毛あるこのけだもののまばゆい焦点……
半分溶けては雀が通り
思い出しては風が吹く
……どうもねむられない……
　（そらおかあさんを
　ねむりのなかに入れておあげ……）

一九二四、九、六、

杉の葉のまばゆい残像
ぽつんと白い銀の日輪
　……まぶたは熱くオレンジいろの火は燃える……
　　（せめて地獄(じごく)の鬼(おに)になれ）
　……わたくしの唇(くちびる)は花のように咲く……
もいちどまばゆい白日輪
　　　　　　………
　　　　（ブレンカア）
　　　　（こいづ葡萄(ぶどう)だな）
　……うす赤や黄金……
　　　（おい仕事わたせ
　　　　おれの仕事わたせ）
　　　　　　………
朱塗(しゅぬり)のらんかん
　（百姓(ひゃくしょう)　ならべつの仕事もあるだろう
　　君はもうほんとにここに

ひとをばかにして立っているだけだ）

南に向いた銅いろの上半身
髪（かみ）はちぢれて風にみだれる
印度（インド）の力士という風（ふう）だ
それはその巨（おお）きな杉の樹神（じゅしん）だろうか
あるいは風のひとりだろうか

一九八　雲

いっしょうけんめいやってきたといっても
ねごとみたいな
にごりさけみたいなことだ
……ぬれた夜なかの焼きぼっ杭(くい)によっかかり……
おい　きょうだい
へんじしてくれ
そのまっくろな雲のなかから

一九二四、九、九、

一九五　塚と風

……わたくしに関して一つの塚とここを通過する風とが
あるときこんなような存在であることを示した……

一九二四、九、一〇、

この人ぁくすぐらえでぁのだもなす
たれかが右の方で云う
髪を逆立てた印度の力士ふうのものが
口をゆがめ眼をいからせて
一生けんめいとられた腕をもぎはなし
東に走って行こうとする
その肩や胸には赤い斑点がある
後光もあれば鏡もあり
青いそらには瓔珞もきらめく

子どもに乳をやる女
その右乳ぶさあまり大きく角だって
いちめん赤い痘瘡がある
掌のなかばから切られた指
これはやっぱりこの塚のだろうか
わたくしのではない
柳沢さんのでなくてまず好がった

袴をはいた烏天狗だ
や、西行
上……見……る……に……は……及……ば……な……い……
や……っ……ぱ……り……下……見……る……の……だ
呟くような水のこぼこぼ鳴るような
私の考と阿部孝の考とを
ちょうど神楽の剣舞のように

　対称的に双方から合わせて
そのかっぽれ　学校へ来んかなと云ったのだ
　こどもが二人母にだかれてねむっている
いじめてやりたい
いじめてやりたい
いじめてやりたい
　誰かが泣いて云いながら行きすぎる

一九六　〔かぜがくれば〕

一九二四、九、一〇、

かぜがくれば
ひとはダイナモになり
　……白い上着がぶりぶりふるう……
木はみな青いランプをつるし
雲は尾をひいてはせちがい
山はひとつのカメレオンで
藍青（らんせい）やかなしみや
いろいろの色素粒が
そこにせわしく出没（しゅつぼつ）する

三〇一　秋と負債

半穹（はんきゅう）二グロスからの電燈（でんとう）が
おもいおもいの焦点（フオカス）をむすび
はしらの陰影（かげ）を地に落とし
濃淡な夜の輻射（ふくしゃ）をつくる
　……またあま雲の螺鈿（らでん）からくる青びかり……
ポランの広場の夏の祭の負債から
わたくしはしかたなくここにとどまり
ひとりまばゆく直立して
いろいろな目にあうのであるが
さて徐（おもむ）ろに四周を見れば
これら二つのつめたい光の交叉（こうさ）のほかに
もひとつ見えない第三種の照射があって
ここのなめらかな白雲石（ドロミット）の床（ゆか）に

一九二四、九、一六、

わたくしの影（かげ）を花盞（かさん）のかたちに投げている
しさいに観ずれば観ずるほど
それがいよいよ皎（あきら）かで
ポランの広場の狼避（おおかみよ）けの柵（さく）にもちょうどあたるので
もうわたくしはあんな sottise な灰いろのけだものを
二度おもいだす要もない

三〇四　〔落葉松の方陣は〕

一九二四、九、一七、

落葉松の方陣は
せいせい水を吸いあげて
ピネンも噴きリモネンも吐き酸素もふく
ところが栗の木立の方は
まず一とおり酸素と水の蒸気を噴いて
あとはたくさん青いランプを吊すだけ
……林いっぱい蚍蜉のふるい……
いずれにしてもこのへんは
半蔭地の標本なので
羊歯類などの培養には
申しぶんない条件ぞろい
……ひかって華奢にひるがえるのは何鳥だ……
水いろのそら白い雲

すっかりアカシヤづくりになった
　……こんどは蟬(せみ)の瓦斯発動機(ガスエンジン)が林をめぐり
　　日は青いモザイクになって揺(ゆら)めく……
鳥はどこかで
青じろい尖舌(シタ)を出すことをかんがえてるぞ
　(おお栗樹(カスタネア)　花謝(お)ちし
　　なれをあさみてなにかせん)
……ても古くさいスペクトル!
　飾禾草(オーナメンタルグラス)の穂(ほ)!……
風がにわかに吹(ふ)きだすと
暗い虹(にじ)だの顫(ふる)えるなみが
息もつけなくなるくらい
そこらいっぱいひかり出す
それはちいさな蜘蛛(くも)の巣(す)だ
半透明(はんとうめい)な緑の蜘蛛が
森いっぱいにミクロトームを装置して
虫のくるのを待っている
にもかかわらず虫はどんどん飛んでいる

あのありふれた百が単位の羽虫の輩(やから)が
みんな小さな弧光燈(アークライト)というように
さかさになったり斜(なな)めになったり
自由自在に一生けんめい飛んでいる
それもああまで本気に飛べば
公算論のいかものなどは
もう誰(たれ)にしろ持ち出せない
むしろ情に富むものは
一ぴきごとに伝記を書くというかもしれん
　（おお栗　樹(カスタネア)　花去りて
　　その実はなおし杳(はる)かなり）

鳥がどこかで
また青じろい尖舌(シタ)を出す

三〇七　〔しばらくぼうと西日に向かい〕

一九二四、九、二七、

しばらくぼうと西日に向かい
またいそがしくからだをまげて
重ねた粟を束ねだす
　こどもらは向こうでわらい
　女たちも一生けん命
　古金のはたけに出没する
　……崖はいちめん
　　　すすきの花のまっ白な火だ……
こんどはいきなり身構えて
繰るようにたぐるように刈って行く
黝んで濁った赤い粟の稈
　《かべ　いいいい　い
なら　いいいい　い》

……あんまり萱穂（かやぼ）がひかるので

こどもらまでがさわぎだす……

濁（にご）って赤い花青素（アントケアン）の粟（あわ）ばたで

ひとはしきりにはたらいている

……風にゆすれる蓼（たで）の花

ちぢれて傷（いた）む西の雲……

女たちも一生けん命

くらい夕陽（ゆうひ）の流れを泳ぐ

……萱にとびこむ百舌（もず）の群

萱をとびたつ百舌の群……

抱くようにたぐるように刈（か）って行く

黝（くす）んで赤い粟の稈（かん）

……はたけのへりでは

麻（あさ）の油緑（ゆりょく）も一れつ燃える……

《デデッポッポ

デデッポッポ》

……こっちでべつのこどもらが

みちに板など持ちだして

とびこえながらうたっている……

はたけの方のこどもらは
もう風や夕陽の遠くへ行ってしまった

三〇九　〔南のはてが〕

一九二四、一〇、二、

南のはてが
灰いろをしてひかっている
ちぎれた雲のあいだから
そらと川とがしばらく闇（やみ）に映（は）え合うのだ
そこから岸の林をふくみ
川面（かわも）いっぱいの夜を孕（はら）んで
風がいっさん溯（のぼ）ってくる
ああまっ甲におれをうつ
……ちぎれた冬の外套（がいとう）を
　翼手（よくしゅ）のようにひるがえす……
　　（われ陀羅尼（だらに）珠を失うとき
　　　落魄（らくはく）ひとしく迫り来（きた）りぬ）
風がふたたびのぼってくる

こわれかかったらんかんを
嘲(あざけ)るようにがたがた鳴らす
……どんなにおまえが潔癖(けっぺき)らしい顔をしても
　翼手をもった肖像は
もう乾板(かんぱん)にはいっていると……
（人も世間もどうとも云(い)え
　おれはおまえの行く方角で
　あらたな仕事を見つけるのだ）
　　風がまた来れば

一瞬白い水あかり
　（待ておまえはアルモン　黒(ブラック)だな）
乱れた鉛(なまり)の雲の間に
ひどく傷(いた)んで月の死骸(しがい)があらわれる
それはあるいは風に膨(ふく)れた大きな白い星だろう
烏(からす)が軋(きし)り
雨はじめじめ落ちてくる

三一一　昏い秋

黒塚森の一群が
風の向こうにけむりを吐けば
そんなつめたい白い火むらは
北いっぱいに飛んでいる
……野はらのひわれも火を噴きそう……
雲の鎖やむら立ちや
白いうつぼの稲田にたって
ひとは幽霊写真のように
ぼんやりとして風を見送る

一九二四、一〇、四、

三一三　産業組合青年会

祀（まつ）られざるも神には神の身土（しんど）があると
あざけるようなうつろな声で
そう云（い）ったのはいったい誰（たれ）だ　席をわたったそれは誰だ
……雪をはらんだつめたい雨が
　闇（やみ）をぴしぴし縫（ぬ）っている……
まことの道は
誰が云ったの行ったの
そういう風（ふう）のものでない
祭祀（さいし）の有無を是非（ぜひ）するならば
卑賤（ひせん）の神のその名にさえもふさわぬと
応（こた）えたものはいったい何だ　いきまき応えたそれは何だ
……ときどき遠いわだちの跡（あと）で
　水がかすかにひかるのは

一九二四、一〇、五、

東に畳む夜中の雲の
わずかに青い燐光による……
部落部落の小組合が
ハムをつくり羊毛を織り医薬を頒ち
村ごとのまたその聯合の大きなものが
山地の肩をひととこ砕いて
石灰岩末の幾千車かを
酸えた野原にそそいだり
ゴムから靴を鋳たりもしよう
……くろく沈んだ並木のはてで
見えるともない遠くの町が
ぼんやり赤い火照りをあげる……
しかもこれら熱誠有為な村々の処士会同の夜半
祀られざるも神には神の身土があると
老いて呟くそれは誰だ

三一四　〔夜の湿気と風がさびしくいりまじり〕　一九二四、一〇、五、

夜の湿気と風がさびしくいりまじり
松ややなぎの林はくろく
そらには暗い業の花びらがいっぱいで
わたくしは神々の名を録したことから
はげしく寒くふるえている

三一七　善鬼呪禁（じゅごん）

一九二四、一〇、一一、

なんぼあしたは木炭（すみ）を荷馬車（にばしゃ）に山に積み
くらいうちから町へ出かけて行くたって
こんな月夜の夜なかすぎ
稲をがさがさ高いところにかけたりなんかしていると
あんな遠くのうす墨（ずみ）いろの野原まで
葉擦（はず）れの音も聞えていたし
どこからどんな苦情が来ないもんでない
だいいちそうら
そうら　あんなに
苗代（なわしろ）の水がおはぐろみたいに黒くなり
畦（あぜ）に植わった大豆（まめ）もどしどし行列するし
十三日のけぶった月のあかりには
十字になった白い暈（かさ）さえあらわれて

空も魚の眼球（めだま）に変り
いずれあんまり碌（ろく）でもないことが
いくらもいくらも起ってくる
おまえは底びかりする北ぞらの
天河石（アマゾンストン）のところなんぞにうかびあがって
風をま喰（くら）う野原の慾（よく）とふたりづれ
威張（いば）って稲をかけてるけれど
おまえのだいじな女房（にょうぼう）は
地べたでつかれて酸乳（さんにゅう）みたいにやわくなり
口をすぼめてよろよろしながら
丸太のさきに稲束（いねたば）をつけては
もひとつもひとつおまえへ送り届けている
どうせみんなの穫（と）れない歳（とし）を
逆に旱魃（ひでり）でみのった稲だ
もういい加減区劃（くぎ）りをつけてはねおりて
鳥が渡りをはじめるまで
ぐっすり睡（ねむ）るとしたらどうだ

三二〇　ローマンス（断片）

ぼくはもいちど見て来ますから
あなたはここで
月のあかりの汞（みずがね）から
咽喉（のど）だの胸を犯（おか）されないよう
よく気を付けて待っててください

あの綿火薬（めんかやく）のけむりのことなぞ
もうお考えくださいますな

　最後にひとつの積乱雲（せきらんうん）が
ひどくちぢれて砕（くだ）けてしまう

一九二四、一〇、一二、

三三一　凍(とう)雨(う)

一九二四、一〇、二四、

つめたい雨も木の葉も降り
町へでかけた用足(タシ)たちも
背簑(ケラ)をぬらして帰ってくる
……凍(こお)らす風によみがえり
　かなしい雲にわらうもの……
牆林(ヤグネ)は黝(くろ)く
上根子(かみねこ)堰(せき)の水もせせらぎ
風のあかりやおぼろな雲に洗われながら
きゃらの樹(き)が塔(とう)のかたちにつくられたり
崖(がけ)いっぱいの萱(かや)の根株(ねかぶ)が
妖(あや)しい紅(べに)をくゆらしたり
……ささやく風に目を瞑(つぶ)り
　みぞれの雲にあえぐもの……

北は鍋倉（なべくら）円満寺
南は太田飯豊笹間（いいとよささま）
小さな百の組合を
凍（こお）ってめぐる白の天涯（てんがい）

三二九　〔野馬がかってにこさえたみちと〕

一九二四、一〇、二六、

野馬がかってにこさえたみちと
ほんとのみちとわかるかね？
なるほどおおばこセンホイン
その実物もたしかかね？
おんなじ型の黄いろな丘(おか)を
ずんずん数えて来れるかね？
その地図にある防火線とさ
あとからできた防火線とがどうしてわかる？
泥炭層(でいたんそう)の伏流(ふくりゅう)が

どういうものか承知かね？

それで結局迷ってしまう
そのとき磁石(じしゃく)の方角だけで
まっ赤(か)に枯(か)れた柏(かしわ)のなかや
うつぎやばらの大きな藪(やぶ)を
どんどん走って来れるかね？

そしてとうとう日が暮れて
みぞれが降るかもしれないが
どうだそれでもでかけるか？

はあ　そうか

三三〇　〔うとうとするとひやりとくる〕

一九二四、一〇、二六、

（うとうとするとひやりとくる）
（かげろうがみな横なぎですよ）
（斧劈皴（ふへきしゅん）雪置く山となりにけりだ）
（大人（たいじん）昨夜眠熟せしや）
（唯（ヤー）とや云（い）わん 否（ナイン）とやいわん）
（夜半の雹雷（ひょうらい）知りたまえるや）
（雷（らい）をば覚（さと）らず喃語（なんご）は聴（き）けり）
（はははあ酋松何でしょうメチール入りの葡萄酒（ぶどうしゅ）もって
あなたの室へも行ったでしょう）
（おまけにちゃんと徳利（とくり）へ入れて
ほやほや燗（かん）をつけていた
だがメチルではなかったようだ）
（いやアルコールを獣医（じゅうい）とかから

何十何べん買うそうです
（酋松なかなかやりますからな）
（湧水にでも行っただろうか）
（柏のかげに寝てますよ）
（しかし午前はよくうごいたぞ
標石十も埋めたからな）
（酋松どうも何ですよ
ひとみ黄いろのくわしめなんて
ぼくらが毎日云ったので
刺戟を受けたらしいんです）
（そいつはちょっとどうだろう）
（もっともゲルベアウゲの方も
いっぺん身売りにきまったとこを
やっとああしているそうですが）
（あんまり馬が廉いもなあ）
（ばあさんもゆうべきのこを焼いて
ぼくにいろいろ口説いたですよ
何ぼ何食って育ったからって

あんまりむごいはなしだなんて）
（でも酓松へ嫁るんだろう）
（さあ酓松へどうですか
野馬をわざと畑へ入れて
放牧主へ文句をつけたことなどを
ばあさん云っていましたからね）
（それでは嫁る気もないんだな）
（キャベジの湯煮にも飽きましたなあ）
（都にこそは待ちたまうらん）
（それはそっちのことでしょう
ご機嫌いかがとあったでしょう）
（安息す鈴蘭の蓐だ）
（さあれその蓐古びて黄なりです）
（山嶺既に愷々）
（天蓋朱黄燃ゆるは如何）
（爪哇の僭王胡瓜を啖う）
（誰か王位を微風に承けん）
（アダジオは弦にはじまる）

（柏影霜葉喃語を棄てず）
（冠毛燈！　ドラモンド光！）

天沢退二郎／入沢康夫 監修　栗原敦／杉浦静 編

宮沢賢治コレクション〈全10巻〉

7 春と修羅 第二集——詩Ⅱ

序文の草稿まで書き上げながら、未刊であった幻の詩集『春と修羅　第二集』百十四篇と補遺篇十二篇を収録、また口語詩稿の中から関連する作品を併せて収録。

70627-0　四六判（9月下旬刊）２５００円＋税

アンドレ・ジッド　二宮正之 訳

アンドレ・ジッド集成Ⅳ

ジッド円熟期の傑作三編を収める、待望の新訳決定版！

《純粋小説》の可能性を問う野心作『贋金つくり』とその創作ノート『『贋金つくり』の日記』、ギリシア王に生涯を生ききった者の感慨を託す『テーセウス』を収録。

79104-7　A５判（9月下旬刊）予価７７００円＋税

ヤニス・クセナキス

野々村禎彦 監訳　冨永星 訳

形式化された音楽

主著、ついに邦訳！

二十世紀を代表するギリシア系作曲家クセナキスの理論的主著。『音楽と建築』の考察を含みつつ、数学を使った作曲の可能性を徹底的に追究する。待望の邦訳。

87393-4　A5判（9月下旬刊）予価6500円＋税

6桁の数字はJANコードです。頭に978-4-480をつけてご利用下さい。

日本民藝館 監修

民藝の日本

——柳宗悦と『手仕事の日本』を旅する

柳宗悦の名著『手仕事の日本』に収録された作品約150点を旧柳邸や日本民藝館で撮影し、美しい写真集に。詳細な解説付きでこれ一冊あれば民藝がわかる！

87625-6 B5判（9月13日刊）2800円＋税

飯野亮一 監修

卓上日めくりカレンダー 大江戸味ごよみ

江戸の食文化に特化した、文庫サイズの日めくり卓上カレンダー。365日それぞれにふさわしい食を選び、コンパクトかつ深ーい解説を錦絵等とともに掲載。87895-3 A6判（9月中旬刊）価格2500円＋税

6桁の数字はJANコードです。頭に978-4-480をつけてご利用下さい。

三二四　郊外

一九二四、一〇、二九、

卑（いや）しくひかる乱雲が
ときどき凍（こお）った雨をおとし
野原は寒くあかるくて
水路もゆらぎ
穂（ほ）のない粟（あわ）の塔（とう）も消される
　鷹（たか）は鱗（うろこ）を片映（かたば）えさせて
　まひるの雲の下底をよぎり
　ひとはちぎれた海藻（かいそう）を着て
　煮られた塩の魚をおもう
西はうずまく風の縁（へり）
紅（あか）くただれた錦（にしき）の皺（しわ）を
つぎつぎ伸（の）びたりつまずいたり
乱積雲（らんせきうん）のわびしい影（かげ）が

まなこのかぎり南へ滑(すべ)り
山の向こうの秋田のそらは
かすかに白い雲の髪(かみ)
　毬(まり)をかかげた二本杉
　七庚申(しちこうしん)の石の塚(つか)
たちまち山の襞(ひだ)いちめんを
霧(きり)が火(ほ)むらに燃えたてば
江釣子(えづりこ)森の松むらばかり
黒々として溶け残り
人はむなしい幽霊(ゆうれい)写真
ただぼんやりと風を見送る

三一三　命令

一九二四、一一、二、

マイナス第一中隊は
午前一時に露営地を出発し
現在の松並木を南方に前進して
向こうの
あの
そら
あの黒い特立樹の尖端から
右方指二本の緑の星
あすこの泉地を経過して
市街のコロイダーレな照明を攻撃せよ
　第一小隊長
　きさまは途中の行軍中
そらのねむけを噛みながら行け

それから市街地近傍（きんぼう）の
並木に沿った沼沢（しょうたく）には
睡蓮（すいれん）や蓴菜（じゅんさい）
いろいろな燐光（りんこう）が出没（しゅつぼつ）するけれども
すこしもそれにかまってはならない
いいか　わかったか
命令　終り

三〇五　〔その洋傘（かさ）だけでどうかなあ〕

一九二四、一一、一〇、

その洋傘だけでどうかなあ
虹（にじ）の背後（うしろ）が青く暗くて怪（おか）しいし
そのまた下があんなまっ赤（か）な山と谷
　……こんもりと松の籠（こも）った岩の鐘（かね）……
日にだまされてでかけて行くと
シャツの底まで凍（こお）ってしまう
……建物中の玻璃（ガラス）の窓（まど）が
　　みんないちどにがたがた鳴って
　　　林はまるで津波のよう……
ああもう向こうで降っている
へんにはげしく光っている
どうも雨ではないらしい
　……もうそこらへもやってくる

まっ赤(か)な山もだんだんかくれ
木の葉はまるで鼠(ねずみ)のように
ぐらぐら東へ流される……
それに上には副虹(ふくこう)だ
あの副虹のでるときが
いちばん胸にわるいんだ
……ロンドンパープルやパリスグリン
あらゆる毒剤のにおいを盛(も)って
青い弧(アーク)を虚空(そら)いっぱいに張りわたす……
まあ掛(か)けたまえ
じきにきれいな天気になるし
なにか仕度(したく)もさがすから
……たれも行かないひるまの野原
天気の猫(ねこ)の目のなかを
防水服や白い木綿(もめん)の手袋は
まずロビンソンクルーソー……
ちょっとかわった葉巻(はまき)を巻いた
フェアスモークというもんさ

それもいっしょにもってくる

三三一　孤独と風童

一九二四、一一、二三、

シグナルの
赤いあかりもともったし
そこらの雲もちらけてしまう
プラットフォームは
Yの字をした柱だの
犬の毛皮を着た農夫だの
きょうもすっかり酸(す)えてしまった

東へ行くの?
白いみかげの胃の方へかい
そう
では　おいで
行きがけにねえ

向こうの
あの
ぼんやりとした葡萄いろのそらを通って
大荒沢やあっちはひどい雪ですと
ぼくが云ったと云っとくれ
では
さようなら

三三八　異途への出発

月の惑(くら)みと
巨(おお)きな雪の盤(ばん)とのなかに
あてなくひとり下(お)り立てば
あしもとは軋(きし)り
寒冷でまっくろな空虚は
がらんと額(ひたい)に臨(のぞ)んでいる
　……楽手たちは蒼(あお)ざめて死に
　　嬰児(えいじ)は水いろのもやにうまれた……
尖(とが)った青い燐光(りんこう)が
いちめんそこらの雪を縫(ぬ)って
せわしく浮いたり沈(しず)んだり
しんしんと風を集積する
　……ああアカシヤの黒い列……

一九二(五)、一、五、

みんなに義理をかいてまで
こんや旅だつこのみちも
じつはただしいものでなく
誰(たれ)のためにもならないのだと
いままでにしろわかっていて
それでどうにもならないのだ
……底びかりする水晶天(すいしょうてん)の
　一ひら白い裂罅(ひび)のあと……
雪が一そうまたたいて
そこらを海よりさびしくする

三四三　暁穹(ぎょうきゅう)への嫉妬(しっと)

一九二五、一、〔六〕、

薔薇輝石(ばらきせき)や雪のエッセンスを集めて、
ひかりけだかくかがやきながら
その清麗(せいれい)なサファイア風(ふう)の惑星(わくせい)を
溶かそうとするあけがたのそら
さっきはみちは渚(なぎさ)をつたい
波もねむたくゆれていたとき
星はあやしく澄(す)みわたり
過冷な天の水(みな)そこで
青い合図(wink)をいくたびいくつも投げていた
それなのにいま
(ところがあいつはまん円(まる)なもんで
リングもあれば月も七(なな)っつもっている
第一あんなもの生きてもいないし

まあ行って見ろごそごそだぞ）と
草刈が云ったとしても
ぼくがあいつを恋するために
このうつくしいあけぞらを
変な顔して　見ていることは変らない
変らないどころかそんなことなど云われると
いよいよぼくはどうしていいかわからなくなる
……雪をかぶったはいびゃくしんと
　百の岬がいま明ける
　万葉風の青海原よ……
滅びる鳥の種族のように
星はもいちどひるがえる

三五一　発動機船〔断片〕

一九二五、一、八、

水底の岩層も見え
藻の群落も手にとるような
アンデルゼンの月夜の海を
船は真鍮のラッパを吹いて〔以下空白〕

三五六　旅程幻想

さびしい不漁と旱害のあとを
海に沿う
いくつもの峠を越えたり
萱の野原を通ったりして
ひとりここまで来たのだけれども
いまこの荒れた河原の砂の
うす陽のなかにまどろめば
肩またせなのうら寒く
何か不安なこの感じは
たしかしまいの硅板岩の峠の上で
放牧用の木柵の
楢の扉を開けたまま
みちを急いだためらしく

一九二五、一、八、

そこの光ってつめたいそらや
やどり木のある栗の木なども眼にうかぶ
その川上の幾重の雲と
つめたい日射しの格子のなかで
何か知らない巨きな鳥が
かすかにごろごろ鳴いている

三五八　峠

一九二五、一、九、

あんまり眩ゆく山がまわりをうねるので
ここらはまるで何か光機の焦点のよう
蒼穹ばかり
　いよいよ暗く陥ち込んでいる
（鉄鉱床のダイナマイトだ
　いまのあやしい呟きは！）
冷たい風が
せわしく西から襲うので
白樺はみな
ねじれた枝を東のそらの海の光へ伸ばし
雪と露岩のけわしい二色の起伏のはてで
二十世紀の太平洋が
青くなまめきけむっている

黒い岬（みさき）のこっちには
釜石（かまいし）湾の一つぶ華奢（きゃしゃ）なエメラルド
　……そこでは叔父（おじ）のこどもらが
　　みなすくすくと育っていた……
あたらしい風が翔（か）ければ
白樺（しらかば）の木は鋼（はがね）のようにりんりん鳴らす

四〇一　氷質の冗談

職員諸兄　学校がもう砂漠のなかに来てますぞ
杉の林がペルシャなつめに変ってしまい
はたけも藪もなくなって
そこらはいちめん氷凍された砂けむりです
白淵先生　北緯三十九度辺まで
アラビヤ魔神が出て来ますのに
大本山からなんにもお触れがなかったですか
さっきわれわれが教室から帰ったときは
そこらは賑やかな空気の祭
青くかがやく天の椀から
ねむや鵝鳥の花も胸毛も降っていました
それからあなたが進度表などお綴じになり
わたくしが火をたきつけていたそのひまに

一九二五、一、一八、

あの妖質のみずうみが
ぎらぎらひかってよどんだのです
ええ　そうなんです
もしわたくしがあなたの方の管長ならば
こんなときこそ布教使がたを
みんな巨きな駱駝に乗せて
あのほのじろくあえかな霧のイリデスセンス
蛋白石のけむりのなかに
もうどこまでもだしてやります
そんな沙漠の漂う大きな虚像のなかを
あるいはひとり
あるいは兵士や隊商連のなかまに入れて
熱く息づくらくだのせなの革嚢に
世界の辛苦を一杯につめ
極地の海に堅く封じて沈めることを命じます
そしたらたぶん　それは強力な竜にかわって
地球一めんはげしい雹を降らすでしょう
そのときわたくし管長は

東京の中本山の玻璃(はり)台にろ頂部だけをてかてか剃(そ)って
九条(くじょう)のけさをかけて立ち
二人の侍者に香炉(こうろ)と白い百合(ゆり)の花とをささげさせ
空を仰(あお)いでごくおもむろに
竜(りゅう)をなだめる二行の迦陀(かだ)をつくります
いやごらんなさい
とうとう新聞記者がやってきました

四〇七　森林軌道

岩手火山が巨きな氷霧の套をつけて
そのいただきを陰気な亜鉛の粉にうずめ
裾に岱赭の落葉松の方林を
林道白く連結すれば
そこから寒い負性の雪が
小松の黒い金米糖を
野原いちめん散点する
　　……川の音から風の音から
　　　とろがかすかにひびいてくる……
南はうるむ雪ぐもを
盛岡の市は沈んで見えず
三つ森山の西半分に
雑木がぼうとくすぶって

一九二五、一、二五、

のこりが鈍いぶりきいろ
　……鎔岩流の刻みの上に
　　二つの鬼語が横行する……
いきなり一すじ
吹雪が螺旋に舞いあがり
続いて一すじまた立てば
いまはもう野はら一ぱい
あっちもこっちも
空気に孔があいたよう
巌稜も一斉に噴く
　……四番のとろは
　　ひどく難儀をしているらしく
　　音も却って遠くへ行った……
一つの雲の欠け目から
白い光が斜めに射し
山は灰より巨きくて
林もはんぶんけむりに陥ちる
　……鳥はさっきから一生けん命

吹雪の柱を縫いながら
風の高みに叫んでいた……

四〇八　〔寅吉山の北のなだらで〕

一九二五、一、二五、

寅吉山の北のなだらで
雪がまばゆいタングステンの盤になり
山稜の樹の昇冪列が
そこに華麗な像をうつし
またふもとでは
枝打ちされた緑褐色の松並が
弧線になってうかんでいる

恍とした佇立のうちに
雲はばしゃばしゃ飛び
風は
中世騎士風の道徳をはこんでいた

四〇九　〔今日もまたしょうがないな〕

一九二五、一、二五、

今日もまたしょうがないな
青ぞらばかりうるうるで
窓から下はただいちめんのひかって白いのっぺらぼう
砂漠みたいな氷原みたいな低い霧だ
雪にかんかん日が照って
あとで気温がさがってくると
こういうことになるんだな
泉沢だの藤原だの
太田へ帰る生徒らが
声だけがやがやすぐ窓下を通っていて
帽子も顔もなんにも見えず
ただまっ白に光る霧が
ぎらぎら澱んでいるばかり

もっとも向こうのはたけには
つるうめもどきの石薮が
小さな島にうかんでいるし
正門ぎわのアカシヤ列は
茶いろな莢をたくさんつけて
蜃気楼そっくり
脚をぼんやり生えている
そうだからといって……
なんだい泉沢なんどが
正門の前を通りながら
先生さよならなんという
いったい霧の中からは
こっちが見えるわけなのか
さよならなんていわれると
まるでわれわれ職員が
タイタニックの甲板で
Nearer my God か何かうたう
悲壮な船客まがいである

むしろこの際進度表などなげ出して
寒暖計やテープをもって
霧にじゃぼんと跳(と)びこむことだ
いくら異例の風景でも
立派な自然現象で
活動写真のトリックなどではないのだから
寒暖計も湿度計も……
……霧(きり)はもちろん飽和(ほうわ)だが……
地表面から高さにつれて
ちがった数を出す筈(はず)だ

四〇九　冬

がらにもない商略なんぞたてようとしたから
そんな嫌人症（ミザンスロピー）にとっつかまったんだ
　……とんとん叩（たた）いていやがるな……
なんだい　あんな　二つぽつんと赤い火は
　……山地はしずかに収斂（しゅうれん）し
　　凍（こご）えてくらい月のあかりや雲……
八時の電車がきれいなあかりをいっぱいのせて
防雪林のてまえの橋をわたってくる
　……あああ　風のなかへ消えてしまいたい……
蒼（あお）ざめた冬の層積雲（そうせきうん）が
ひがしへひがしへ畳（たた）んで行く
　……とんとん叩（たた）いていやがるな……
世紀末風のぼんやり青い氷霧（ひょうむ）だの

一九二五、二、五、

こんもり暗い松山だのか
……ベルが鳴ってるよう……
向日葵(ひまわり)の花のかわりに
電燈(でんとう)が三つ咲いてみたり
灌漑水(みず)や肥料の不足な分で
温泉町ができてみたりだ
……ムーンディーアサンディーアだい……
巨(おお)きな雲の欠刻
……いっぱいにあかりを載(の)せて電車がくる……

九〇　風と反感

狐（きつね）の皮なぞのっそり巻いて
そんなおかしな反感だか何だか
真鍮（しんちゅう）いろの皿みたいなものを
風のなかからちぎって投げてよこしても
ごらんのとおりこっちは雪の松街道を
急いで出掛（でか）けて行くのだし
墓地にならんだ赭（あか）いひのきも見ているのだし
とてもいちいち受けつけているひまがない
ははん
まちのうえのつめたいそらに
くろいけむりがながれるながれる

一九二五、二、一四、

四一〇 車中

ばしゃばしゃした狸の毛を耳にはめ
黒いしゃっぽもきちんとかぶり
まなこにうつろの影をうかべ
　……肥った妻と雪の鳥……
凜として
ここらの水底の窓ぎわに腰かけている
ひとりの鉄道工夫である
　……風が水より稠密で
　　水と氷は互いに遷る
　　　稲沼原の二月ころ……
なめらかででこぼこの窓硝子は
しろく澱んだ雪ぞらと
ひょろ長い松とをうつす

一九二五、二、一五、

一九二五、二、一五、

四一一　未来圏からの影

吹雪はひどいし
きょうもすさまじい落磐
……どうしてあんなにひっきりなし
　凍った汽笛を鳴らすのか……
影や恐ろしいけむりのなかから
蒼ざめてひとがよろよろあらわれる
それは氷の未来圏からなげられた
戦慄すべきおれの影だ

四一五　〔暮れちかい　吹雪(ふぶき)の底の店さきに〕　一九二五、二、一五、

暮れちかい
吹雪の底の店さきに
萌黄(もえぎ)いろしたきれいな頸(くび)を
すなおに伸(の)ばして吊(つ)り下げられる
小さないちわの家鴨(あひる)の子
　　……屠者(としゃ)はおもむろに呪(じゅ)し
　　　鮫(さめ)の黒肉(み)はわびしく凍(こお)る……
風の擦過(さっか)の向こうでは
にせ巡礼(じゅんれい)の鈴の音

四一九　奏鳴的説明

一九二五、二、一五、

雲もぎらぎらにちぢれ
木が還照のなかから生えたつとき
翻えったり砕けたり或は全い空明を示したり
吹雪はかがやく流沙のごとくに
地平はるかに移り行きます
それはあやしい火にさえなって
ひとびとの視官を眩惑いたします
或は燃えあがるボヘミヤの玻璃
すさまじき光と風との奏鳴者
そも氷片にまた趨光の性あるか
はた天球の極を索む泳動か
そらのフラスコ
四万アールの散乱質は

旋る日脚に従って
地平はるかに遷り行きます
その風の脚
まばゆくまぶしい光のなかを
スキップというかたちをなして
一の黒影こなたへ来れば
いまや日は乱雲に落ち
そのへりは烈しい鏡を示します

五〇四　〔硫黄いろした天球を〕

一九二五、四、二、

硫黄いろした天球を
煤けた雲がいくきれか翔け
肥料倉庫の亜鉛の屋根で
鳥がするどくひるがえる
最後に湿った真鍮を
二きれ投げて日は沈み
おもちゃのような小さな汽車は
教師や技手を四五人乗せて
東の青い古生山地に出発する
……大豆の玉負うその人に
　希臘古聖のすがたあり……
積まれて酸える枕木や
けむりのなかの赤いシグナル

五〇六　〔そのとき嫁いだ妹に云う〕

一九二五、四、二、

そのとき嫁いだ妹に云う
十三もある昴の星を
汗に眼を蝕まれ
あるいは五つや七つと数え
或いは一つの雲と見る
老いた野原の師父たちのため
老いと病いになげいては
その子と孫にあざけられ
死にの床では誰ひとり
ただ安らかにその道を
行けと云われぬ嫗のために
　……水音とホップのかおり
　青ぐらい峡の月光……

おまえのいまだに頑是なく
赤い毛糸のはっぴを着せた
まなこつぶらな童子をば
舞台の雪と青いあかりにしばらく借せと
……ほのかにしろい並列は
　達曽部川の鉄橋の脚……

そこではしずかにこの国の
古い和讃の海が鳴り
地蔵菩薩はそのかみの
母の死による発心を
眉やわらかに物がたり
孝子は誨えられたるように
無心に両手を合わすであろう
　（菩薩威霊を仮したまえ）

ぎざぎざの黒い崖から
雪融の水が崩れ落ち
種山あたり雲の蛍光
雪か風かの変質が

その高原のしずかな頂部で行われる
……まなこつぶらな童子(どうじ)をば
しばらくわれに借せという……
いまシグナルの暗い青燈(せいとう)

五〇八　発電所

一九二五、四、二、

鈍(にぶ)った雪をあちこち載(の)せる
鉄やギャブロの峯(みね)の脚(あし)
二十日の月の錫(すず)のあかりを
わずかに赤い落水管(らくすいかん)と
ガラスづくりの発電室と
　……また余(よ)水吐(すいばき)の青じろい滝(たき)……
くろい蝸牛水車(スネールタービン)で
早くも春の雷気を鳴らし
鞘翅発電機(ダイナモコレオプテラ)をもって
愴(そう)たる夜中のねむけをふるわせ
むら気な十の電圧計や
もっと多情な電流計で
鉛直(えんちょく)フズリナ配電盤(はいでんばん)に

交通地図の模型をつくり
大トランスの六つから
三万ボルトのけいれんを
塔の初号に連結すれば
幾列の清冽な電燈は
青じろい風や川をわたり
まっ黒な工場の夜の屋根から
赤い傘、火花の雲を噴きあげる

五一一　〔はつれて軋る手袋と〕

一九二五、四、二、

……はつれて軋る手袋と
　盲い凍えた月の鉛……
県道のよごれた凍み雪が
西につづいて氷河に見え
畳んでくらい丘丘を
春のキメラがしずかに翔ける
……眼に象って
　かなしいその眼に象って……
北で一つの松山が
重く澱んだ夜なかの雲に
肩から上をどんより消され
黒い地平の遠くでは
何か玻璃器を軋らすように

鳥がたくさん啼(な)いている
　……眼(め)に象(かたど)って
　　泪(なみだ)をたたえた眼に象って……
丘(おか)いちめんに風がごうごう吹(ふ)いている
ところがここは黄いろな芝(しば)がぼんやり敷(し)いて
笹(ささ)がすこうしさやぐきり
たとえばねむたい空気の沼だ
こういうひそかな空気の沼を
板やわずかの漆喰(しっくい)から
正方体にこしらえあげて
ふたりだまって座(すわ)ったり
うすい緑茶をのんだりする
どうしてそういうやさしいことを
卑(いや)しむこともなかったのだ
　……眼に象って
　　かなしいあの眼に象って……
あらゆる好意や戒(いまし)めを
それが安易であるばかりに

ことさら嘲(あざ)けり払(はら)ったあと
ここには乱れる憤(いきど)おりと
病いに移化(いか)する困憊(こんぱい)ばかり
……鳥が林の裾(すそ)の方でも鳴いている……
……霰(あられ)か氷雨(ひさめ)を含(ふく)むらしい
黒く珂質(かしつ)の雲の下
三郎沼(さぶろうぬま)の岸からかけて
夜なかの巨(おお)きな林檎(りんご)の樹(き)に
しきりに鳴きかう磁製(じせい)の鳥だ……
(わたくしのつくった蝗(いなご)を見てください)
(なるほどそれは
ロッキー蝗というふうですね
チョークでへりを隈(くま)どった
黒の模様がおもしろい
それは一疋(ぴき)だけ見本ですね)
おお月の座の雲の銀
巨(おお)きな喪服(もふく)のようにも見える

五一五　朝餐

苔に座ってたべてると
麦粉と塩でこしらえた
このまっ白な鋳物の盤の
何と立派でおいしいことよ
裏にはみんな曲った松を浮き出して、
表は点の括り字で「大」という字を鋳出してある
この大の字はこのせんべいが大きいという広告なのか
あの人の名を大蔵とでも云うのだろうか
そうでなければどこかで買った古型だろう
たしかびっこをひいていた
発破で足をけがしたために
生れた村の入口で
せんべいなどを焼いてくらすということもある

一九二五、四、五、

白銅（はくどう）一つごくていねいに受けとって
がさがさこれを数えていたら
赤髪（あかげ）のこどもがそばから一枚くれという
人は腹（はら）ではくつくつわらい
顔はしかめてやぶけたやつを見附（みつ）けてやった
林は西のつめたい風の朝
頭の上にも曲った松がにょきにょき立って
白い小麦のこのパンケーキのおいしさよ
競馬の馬がほうれん草を食うように
アメリカ人がアスパラガスを喰（く）うように
すきとおった風といっしょにむさぼりたべる
こんなのをこそspeisenとし云うべきだ
　　……雲はまばゆく奔騰（ほんとう）し
　　　野原の遠くで雷（かみなり）が鳴る……
林のバルサムの匂（におい）を呑（の）み
あたらしいあさひの蜜（みつ）にすかして
わたくしはこの終りの白い大の字を食う

五一九　春

烈しいかげろうの波のなかを
紺の麻着た肩はばひろいわかものが
何かゆっくりはぎしりをして行きすぎる
どこかの愉快な通商国へ
挨拶をしに出掛けるとでもいう風だ
　……あおあお燃える山の雪……
かれくさもゆれ笹もゆれ
こんがらかった遠くの桑のはたけでは
煙の青い lento もながれ
崖の上ではこどもの凧の尾もひかる
　……ひばりの声の遠いのは
　　そいつがみんな
　かげろうの行く高いところで啼くためだ……

一九二五、四、一二、

ぎゅっぎゅっぎゅっぎゅっはぎしりをして
ひとは林にはいって行く

五二〇 〔地蔵堂の五本の巨杉が〕

一九二五、四、一八、

地蔵堂の五本の巨杉が
まばゆい春の空気の海に
もくもくもくもく盛りあがるのは
古い怪性の青唐獅子の一族が
ここで誰かの呪文を食って
仏法守護を命ぜられたというかたち
……地獄のまっ黒けの花椰菜め！
そらをひっかく鉄の箒め！……

地蔵堂のこっちに続き
さくらもしだれの柳も匝る
風にひなびた天台寺は
悧発で純な三年生の寛の家
寛がいまより小さなとき

鉛いろした障子だの
鐘のかたちの飾り窓
そこらあたりで遊んでいて
あの青ぐろい巨きなものを
はっきり樹だとおもったろうか
　……樹は中ぞらの巻雲を
　　二本ならんで航行する……
またその寛の名高い叔父
いま教授だか校長だかの
国士卓内先生も
この木を木だとおもったろうか
　洋服を着ても和服を着ても
　それが法衣に見えるという
　鈴木卓内先生は
　この木を木だとおもったろうか
　　……樹は天頂の巻雲を
　　　悠々として通行する……
いまやまさしく地蔵堂の正面なので

二本の幹の間には
きゅうくつそうな九級ばかりの石段と
褪せた鳥居がきちんと嵌まり
樹にはいっぱい雀の声
　……青唐獅子のばけものどもは
　緑いろした気海の島と身を観じ
　そのたくさんの港湾を
　雀の発動機船に借して
　ひたすら出離をねがうとすれば
　お地蔵さまはお堂のなかで
　半眼ふかく座っている……

お堂の前の広場には
梢の影がつめたく落ちて
あちこちなまめく日射しの奥に
粘板岩の石碑もくらく
鷺もすだけば
こどものボールもひかってとぶ

三二六　〔風が吹き風が吹き〕

一九二五、四、二〇、

風が吹き風が吹き
残りの雪にも風が吹き
猫の眼をした神学士にも風が吹き
吹き吹き西の風が吹き
はんの木の房踊る踊る
偏光！　斜方錐！　トランペット！
はんの木の花ゆれるゆれる
吹き吹き西の風が吹き
青い鉛筆にも風が吹き
かえりみられず棄てられた
頌歌訳詞のその憤懣にも風が吹き
はんの木の花おどるおどる
（塩をたくさんたべ

水をたくさん呑み
塩をたくさんたべ
水をたくさん呑み)
東は青い銅のけむりと
いちれつひかる雲の乱弾
吹き吹き西の風が吹き
レンズ!　ジーワン!　グレープショット!
はんの雄花はこんどはしばらく振子になる

三二七　清明どきの駅長

一九二五、四、二一、

こごりになった古いひばだの
盛りあがった松ばやしだの
いちどにさあっと青くかわる
こういう清明どきはです
線路の砂利から紅い煉瓦のランプ小屋から
いじけて矮い防雪林の杉並あたり
かげろうがもうただぎらぎらと湧きまして
沼気や酸を洗うのです
……手袋はやぶけ
　　肺臓はロジウムから代塡される……
また紺青の地平線から
六列展く電柱列に
碍子がごろごろ鳴りますと

汽車は触媒の白金を噴いて
線路に沿った黄いろな草地のカーペットを
ぶすぶす青く焼き込みながら
なかを走ってくるのです

三三三　遠足統率

一九二五、五、七、

もうご自由に
ゆっくりごらんくださいと
大ていそんなところです
　そこには四本巨(おお)きな白楊(ドロ)が
　かがやかに日を分割(ぶんかく)し
　わずかに風にゆれながら
　ぶつぶつ硫黄(いおう)の粒(つぶ)を噴(ふ)く
前にはいちいち案内もだし
博物館もありましたし
ひじょうに待遇(たいぐう)したもんですが
まい年どしどし押(お)しかける
みんなはまるで無表情
向こうにしてもたまらんですな

せいせいと東北東の風がふいて
　イーハトーヴの死火山は
　斧劈（ふへき）の皴（しゅん）を示してかすみ
　禾草（かそう）がいちめんぎらぎらひかる
いつかも騎兵（きへい）の斥候（せっこう）が
　秣畑（まぐさばたけ）をあるいたので
誰（たれ）かがちょっととがめたら
その次の日か一旅団
もうのしのしとやってきて
大演習をしたそうです
　　鶯（うぐいす）がないて
　花樹はときいろの焔（ほのお）をあげ
　から松の一聯隊（れんたい）は
　青く荒（す）さんではるかに消える
ええもうけしきはいいとこですが
冬に空気が乾（かわ）くので
健康地ではないそうです
中学校の寄宿舎へ

ここから三人来ていましたが
こどものときの肺炎で
みな演説をしませんでした
　七つ森ではつつどりどもが
　いまごろ寝ぼけた機関銃
　こんどは一ぴき鶯が
　青い折線のグラフをつくる
ああやって来たやっぱりひとり
まあご随意という方らしい
あ誰だ
電線へ石投げたのは
　くらい羊舎のなかからは
　顔じゅう針のささったような
　巨きな犬がうなってくるし
　井戸では紺の滑車が軋り
　蜜蜂がまたぐゎんぐゎん鳴る
（イーハトーヴの死火山よ
その水いろとかがやく銀との襞をおさめよ）

三三五　〔つめたい風はそらで吹き〕

一九二五、五、一〇、

つめたい風はそらで吹き
黒黒そよぐ松の針（はり）

ここはくらかけ山の凄（すさ）まじい谷の下で
雪ものぞけば
銀斜子（ぎんななこ）の月も凍（こお）って
さわしぎどもがつめたい風を怒（おこ）ってぶうぶう飛んでいる
　しかもこの風の底の
しずかな月夜のかれくさは
みなニッケルのあまるがむで
あちこち風致よくならぶものは
ごくうつくしいりんごの木だ

そんな木立(こだち)のはるかなはてでは
ガラスの鳥も軋(きし)っている
さわしぎは北のでこぼこの地平線でもなき
わたくしは寒さにがたがたふるえる
氷雨(ひさめ)が降っているのではない
かしわがかれはを鳴らすのだ

三三六　春谷暁臥（ぎょうが）

酪塩（らくえん）のにおいが帽子（ぼうし）いっぱいで
温く小さな暗室をつくり
谷のかしらの雪をかぶった円錐（えんすい）のなごり
水のように枯草（くさ）をわたる風の流れと
まっしろにゆれる朝の烈（はげ）しい日光から
薄い睡酸（すいさん）を護（まも）っている
　……その雪山の裾（すそ）かけて
　　播（ま）き散らされた銅粉と
　　　あかるく亘（わた）る禁慾（きんよく）の天……
佐一が向こうに中学生の制服で
たぶんはしゃっぽも顔へかぶせ
灌木藪（かんぼくやぶ）をすかして射（さ）す
キネオラマ的ひかりのなかに

一九二五、五、一一、

夜通しあるいたつかれのため
情操青く透明らしい
　……コバルトガラスのかけらやこな！
　　あちこちどしゃどしゃ抛げ散らされた
　　安山岩の塊と
　　あおあお燃える山の岩塩……
ゆうべ凍った斜子の月を
茄子焼山からここらへかけて
夜通しぶうぶう鳴らした鳥が
いま一ぴきも翔けていず
しずまりかえっているところは
やっぱり餌をとるのでなくて
石竹いろの動因だった
　……佐一もおおかたそれらしかった
　　育牛部から山地へ抜けて
　　放牧柵を越えたとき
　　水銀いろのひかりのなかで
　　杖や窪地や水晶や

いろいろ春の象徴を
ぽつりぽつりと拾っていた……
（蕩児（とうじ）高橋亭一が
しばし無雲の天に往（い）き
数の綵女（うねめ）とうち笑（え）みて
ふたたび地上にかえりしに
この世のおみなみな怪（け）しく
そのかみ帯びしプラチナと
ひるの夢（ゆめ）とを組みなせし
鎖（くさり）もわれにはなにかせんとぞ嘆（なげ）きける）
羯阿迦（ぎやあぎやあ）　居る居る鳥が立派に居るぞ
羯阿迦　まさにゆうべとちがった鳥だ
羯阿迦　鳥とは青い紐（ひも）である
羯阿迦　二十八ポイント五！
羯阿迦　二十七！
羯阿迦　二十七！
はじめの方が声もたしかにみじかいのに
二十八ポイント五とはどういうわけだ

帽子をなげて眼をひらけ
もう二里半だ
つめたい風がながれる

三三七　国立公園候補地に関する意見

一九二五、五、一一、

どうですか　この鎔岩流は
殺風景なもんですなあ
噴き出してから何年たつかは知りませんが
こう日が照ると空気の渦がぐらぐらたって
まるで大きな鍋ですな
いただきの雪もあおあお煮えそうです
まあパンをおあがりなさい
いったいここをどういうわけで
国立公園候補地に
みんなが運動せんですか
いや可能性
それは充分ありますよ
もちろん山をぜんたいです

うしろの方の火口湖　温泉　もちろんですな
鞍掛山もむろんです
ぜんたい鞍掛山はです
Ur-Iwate とも申すべく
大地獄よりまだ前の
大きな火口のへりですからな
そうしてここは特に地獄にこしらえる
愛嬌たっぷり東洋風にやるですな
鎗のかたちの赤い柵
枯木を凄くあしらいまして
あちこち花を植えますな
花といってもなんですな
きちがいなすびまむしそう
それから黒いとりかぶとなど
とにかく悪くやることですな
そうして置いて
世界中から集った
猾るいやつらや悪どいやつの

頭をみんな剃ってやり
あちこち石で門を組む
死出の山路のほととぎす
三途の川のかちわたし
六道の辻
えんまの庁から胎内くぐり
はだしでぐるぐるひっぱりまわし
それで罪障消滅として
天国行きのにせ免状を売りつける
しまいはそこの三つ森山で
交響楽をやりますな
第一楽章　アレグロブリオははねるがごとく
第二楽章　アンダンテ　ややうなるがごとく
第三楽章　なげくがごとく
第四楽章　死の気持ち
よくあるとおりはじめは大へんかなしくて
それからだんだん歓喜になって
最後は山のこっちの方へ

野砲を二門かくして置いて
電気でずどんと実弾をやる
Aワンだなと思ったときは
もうほんものの三途の川へ行ってるですな
ところがここで予習をつんでいますから
誰もすこしもまごつかない　またわたくしもまごつかない
さあパンをおあがりなさい
向こうの山は七時雨
陶器に描いた藍の絵で
あいつがつまり背景ですな

三四〇〔あちこちあおじろく接骨木が咲いて〕

一九二五、五、二五、

あちこちあおじろく接骨木が咲いて
鬼ぐるみにもさわぐるみにも
青だの緑金だの
まばゆい巨きな房がかかった

そらでは春の爆鳴銀が
甘ったるいアルカリイオンを放散し
鷺やいろいろな鳥の紐が
ぎゅっぎゅっ乱れて通ってゆく

ぼんやりけぶる紫雲英（げんげ）の花簇（かそう）と
茂ろうとして
まず赭（あか）く灼（や）けた芽（め）をだす桂（かつら）の木

三四五　〔Largoや青い雲滃（かげ）やながれ〕

一九二五、五、三一、

Largoや青い雲滃やながれ
かりんの花もぼそぼそ暗く燃えたつころ
　延（の）びあがるものあやしく曲り惑（くら）むもの
　　あるいは青い蘿（つた）をまとうもの
風が苗代（なわしろ）の緑の氈（せん）と
はんの木の葉にささやけば
馬は水けむりをひからせ
こどもはマオリの呪神（じゅしん）のように
小手（こて）をかざしてはねあがる
　　……あまずっぱい風の脚（あし）
　　　　あまずっぱい風の呪言（じゅごん）……
かっこうひとつ啼（な）きやめば
遠くではまたべつのかっこう

……畦（あぜ）はたびらこきんぽうげ
　また田植花くすんで赭（あか）いすいばの穂（ほ）……
つかれ切っては泥（どろ）を一種の飴（あめ）ともおもい
水をぬるんだ汁（しる）ともおもい
またたくさんの銅のランプが
畦で燃えるとかんがえながら
またひとまわりひとまわり
鉛（なまり）のいろの代（しろ）を掻（か）く
……たてがみを
　白い夕陽（ゆうひ）にみだす馬
　その親に肖（に）たうなじを垂れて
　しばらく畦の草食う馬……
檜葉（ひば）かげろえば
赤楊（はん）の木鋼（はがね）のかがみを吊（つる）し
こどもはこんどは悟空（ごくう）を気取り
黒い衣裳（いしょう）の両手をひろげ
またひとしきり燐酸（りんさん）をまく
　……ひらめくひらめく水けむり

はるかに遷る風の裾……
湿って桐の花が咲き
そらの玉髄しずかに焦げて盛りあがる

三五〇　図案下書

一九二五、六、八、

高原の上から地平線まで
あおあおとそらはぬぐわれ
ごりごり黒い樹の骨傘は
そこいっぱいに
藍燈と瓔珞を吊る

Ich bin der Juni, der Jüngste.

小さな億千のアネモネの旌は
野原いちめん
つやつやひかって風に流れ
葡萄酒いろのつりがねは
かすかにりんりんふるえている

漆(うるし)づくりの熊蟻(くまあり)どもは
黒いポールをかざしたり
キチンの斧(おの)を鳴らしたり
せわしく夏の演習をやる

白い二疋(ひき)の磁製(じせい)の鳥が
ごくぎこちなく飛んできて
いきなり宙(ちゅう)にならんで停(とま)り
がちんと嘴(くちばし)をぶっつけて
またべつべつに飛んで行く

ひとすじつめたい南の風が
なにかあやしいかおりを運び
その高原の雲のかげ
青いベールの向こうでは
もうつつどりもうぐいすも
ごろごろごろごろ鳴いている

二五八　渇水と座禅

一九二五、六、一二、

にごって泡だつ苗代の水に
一ぴきのぶりき色した鷺の影が
ぼんやりとして移行しながら
夜どおしの蛙の声のまま
ねむくわびしい朝間になった
そうして今日も雨はふらず
みんなはあっちにもこっちにも
植えたばかりの田のくろを
じっとうごかず座っていて
めいめい同じ公案を
これで二昼夜商量する……
栗の木の下の青いくらがり
ころころ鳴らす樋の上に

出羽(でわ)三山(さんざん)の碑(ひ)をしょって
水下ひと目に見渡しながら
遅れた稲の活着(かっちゃく)の日数
分蘗(ぶんけつ)の日数出穂(しゅっすい)の時期を
二たび三たび計算すれば
石はつめたく
わずかな雲の縞(しま)が冴(さ)えて
西の岩鐘(がんしょう)一列くもる

三六六　鉱染とネクタイ

一九二五、七、一九、

蠍の赤眼が南中し
くわがたむしがうなって行って
房や星雲の附属した
青じろい浄瓶星座がでてくると
そらは立派な古代意慾の曼陀羅になる
……峡いっぱいに蛙がすだく……
　　（ここらのまっくろな蛇紋岩には
　　　イリドスミンがはいっている）
ところがどうして
空いちめんがイリドスミンの鉱染だ
世界ぜんたいもうどうしても
あいつが要ると考えだすと
……虹のいろした野風呂の火……

南はきれいな夜の飾窓（ショーウインドウ）
蠍（さそり）はひとつのまっ逆（さか）さまに吊（つ）るされた
夏ネクタイの広告で
落ちるかとれるか
とにかくそいつがかわってくる
赤眼（あかめ）はくらいネクタイピンだ

三六八　種山ヶ原

まっ青に朝日が融けて
この山上の野原には
濃艶な紫いろの
アイリスの花がいちめん
靴はもう露でぐしゃぐしゃ
図板のけいも青く流れる
ところがどうもわたくしは
みちをちがえているらしい
ここには谷がある筈なのに
こんなうつくしい広っぱが
ぎらぎら光って出てきている
山鳥のプロペラアが
三べんもつづけて立った

一九二五、七、一九、

さっきの霧（きり）のかかった尾根は
たしかに地図のこの尾根だ
溶け残ったパラフィンの霧が
底によどんでいた谷は
たしかに地図のこの谷なのに
ここでは尾根が消えている
どこからか葡萄（ぶどう）のかおりがながれてくる
ああ栗（くり）の花
向こうの青い草地のはてに
月光いろに盛（も）りあがる
幾（いく）百本の年経（へ）た栗の梢（こずえ）から
風にとかされきれいなかげろうになって
いくすじもいくすじも
ここらを東へ通っているのだ

三六九　岩手軽便（けいべん）鉄道　七月（ジャズ）

一九二五、七、一九、

ぎざぎざの斑糲岩（はんれいがん）の岨（そわ）づたい
膠質（こうしつ）のつめたい波をながす
北上（きたかみ）第七支流の岸を
せわしく顫（ふる）えたびたびひどくはねあがり
まっしぐらに西の野原に奔（か）けおりる
岩手軽便鉄道の
今日の終りの列車である
ことさらにまぶしそうな眼（め）つきをして
夏らしいラヴスィンをつくろうが
うつうつとしてイリドスミンの鉱床（こうしょう）などを考えようが
木影（こかげ）もすべり
種山（たねやま）あたり雷（かみなり）の微塵（みじん）をかがやかし
列車はごうごう走ってゆく

おおまつよいぐさの群落や
イリスの青い火のなかを
狂気のように踊(おど)りながら
第三紀末の紅(あか)い巨礫(きょれき)層の截(き)り割りでも
ディアラジットの崖(がけ)みちでも
一つや二つ岩が線路にこぼれてようと
積雲が灼(や)けようと崩(くず)れようと
こちらは全線の終列車
シグナルもタブレットもあったもんでなく
とび乗りのできないやつは乗せないし
とび降りぐらいやれないものは
もうどこまででも連れて行って
北極あたりの大避暑市(だいひしょし)でおろしたり
銀河(ぎんが)の発電所や西のちぢれた鉛(なまり)の雲の鉱山あたり
ふしぎな仕事に案内したり
谷間の風も白い火花もごっちゃごちゃ
接吻(キス)をしようと詐欺(さぎ)をやろうと
ごとごとぶるぶるゆれて顫(ふる)える窓(まど)の玻璃(ガラス)

二町五町の山ばたも
壊れかかった香魚やなも
どんどんうしろへ飛ばしてしまって
ただ一さんに野原をさしてかけおりる
　本社の西行各列車は
　運行敢て軌によらざれば
　振動けだし常ならず
　されどまたよく鬱血をもみさげ
　……Prrrrr Pirr！……
　心肝をもみほごすが故に
　のぼせ性こり性の人に効あり
そうだやっぱりイリドスミンや白金鉱区の目論見は
鉱染よりは砂鉱の方でたてるのだった
それとももいちど阿原峠や江刺堺を洗ってみるか
いいやあっちは到底おれの根気の外だと考えようが
恋はやさし野べの花よ
一生わたくしかわりませんと
騎士の誓約強いベースで鳴りひびこうが

そいつもこいつもみんな地塊(ちかい)の夏の泡(あわ)
いるかのように踊(おど)りながらはねあがりながら
もう積雲の焦(こ)げたトンネルも通り抜け
緑青(ろくしょう)を吐(は)く松の林も
続々うしろへたたんでしまって
なおいっしんに野原をさしてかけおりる
わが親愛なる布佐機関手が運転する
岩手軽便(けいべん)鉄道の
最後の下り列車である

三七〇〔朝のうちから〕

一九二五、八、一〇、

……朝のうちから
　稲田いちめん雨の脚……
駅の出口のカーヴのへんは
X形の信号標や
はしごのついた電柱で
まずは巨きな風の廊下といったふう
ひどく明るくこしらえあげた
　……せいせいとした穂孕みごろ
　　稲にはかかる水けむり……
親方は
信号標のま下に立って
びしゃびしゃ雨を浴びながら
じっと向こうを見詰めている

　……〱雨やら雲やら向こうは暗いよと……
そのこっちでは工夫が二人
つるはしをもちしょんぼりとして
三べん四へん稲(いな)びかりから漂白される
　……〱くらい山根に滝(たき)だのあるよと……
そのまたこっちのプラットフォーム
駅長室のはしらには
夜のつづきの黄いろなあかり
　……〱雨やら雲やら向こうは……

雨の中から
黒いけむりがもくもく湧(わ)いて
機関車だけが走ってくる
ずいぶん長い煙突だけれども
まっ正直に稲妻も浴(あ)び
浅黄(あさぎ)服着た火夫(かふ)もわらって顔を出し
雨だの稲だのさっと二つに分けながら
地響きさせて走ってくれば
親方もにんがり笑い

工夫も二人腕(うで)を組む
……〽雨やら雲やら………

三七二　渓（たに）にて

うしろでは滝（たき）が黄いろになって
どんどん弧度（こど）を増しているし
むじな色の雲は
谷いっぱいのいたやの脚（あし）をもう半分まで降りている
しかもここだけ
ちょうど直径一米（メートル）
雲から掘り下げた石油井戸ともいう風（ふう）に
ひどく明るくて玲瓏（れいろう）として
雫（しずく）にぬれたしらねあおいやぜんまいや
いろいろの葉が青びかりして
風にぶるぶるふるえている
早くもぴしゃっといなびかり
立派に青じろい大静脈のかたちである

一九二五、八、一〇、

さあ鳴りだした
そこらの蛇紋岩(じゃもんがん)橄欖岩(かんらんがん)みんなびりびりやりだした
よくまあここらのいたやの木が
こんなにがりがり鳴るなかで
ぽたりと雫を落としたり
じっと立ったりしているもんだ
早く走って下りないと
下流でわたって行けなくなってしまいそう
けれどもそういういたやの下は
みな黒緑のいぬがやで
それに谷中申し分ないいい石ばかり
何たるうつくしい漢画的装景(そうけい)であるか
もっとここらでかんかんとして
山気なり嵐気(らんき)なり吸っているには
なかなか精神的修養などではだめであって
まず肺炎(はいえん)とか漆(うるし)かぶれとかにプルーフな
頑健(がんけん)な身体が要(い)るのである
それにしても

うすむらさきにべにいろなのを
こんなにまっこうから叩(たた)きつけて
素人(しろうと)をおどすというのは
誰(たれ)の仕事にしてもいい事でないな

三七四　河原坊（山脚の黎明）

一九二五、八、一一、

わたくしは水音から洗われながら
この伏流の巨きな大理石の転石に寝よう
それはつめたい卓子だ
じつにつめたく斜面になって稜もある
ほう　月が象嵌されている
せいせい水を吸いあげる
楢やいたやの梢の上に
匂やかな黄金の円蓋を被って
しずかに白い下弦の月がかかっている
空がまた何とふしぎな色だろう
それは薄明の銀の素質と
夜の経紙の鼠いろとの複合だ
そうそう

わたくしはこんな斜面になっていない
も少し楽なねどこをさがし出そう
あるけば山の石原の昧爽(まいそう)
ここに平らな石がある
平らだけれどもここからは
月のきれいな円光が
楢(なら)の梢(こずえ)にかくされる
わたくしはまた空気の中を泳いで
このもとの白いねどこへ漂着する
月のまわりの黄の円光がうすれて行く
雲がそいつを耗(へ)らすのだ
いま鉛(なまり)いろに錆(さ)びて
月さえ遂(つい)に消えて行く
……真珠(しんじゅ)が曇(くも)り蛋白石(たんぱくせき)が死ぬように……

寒さとねむさ
もう月はただの砕(くだ)けた貝ぼたんだ
さあ　ねむろうねむろう
……めさめることもあろうし

　そのまま死ぬこともあろう……
誰(たれ)かまわりをあるいているな
誰かまわりをごくひっそりとあるいているな
みそさざい
ぱりぱり鳴らす
石の冷たさ
石ではなくて二月の風だ
　……半分冷えれば半分からだがみいらになる……
誰か来たな
……半分冷えれば半分からだがみいらになる……
……半分冷えれば半分からだがめくらになる……
……半分冷えれば半分からだがめくらになる……
そこの黒い転石の上に
うす赭(あか)いころもをつけて
裸脚(らきやく)四つをそろえて立つひと
なぜ上半身がわたくしの眼(め)に見えないのか
まるで半分雲をかぶった鶏頭山(けいとうさん)のようだ

……あすこは黒い転石で
　みんなで石をつむ場所だ……
向こうはだんだん崖になる
あしおとがいま峯の方からおりてくる
ゆうべ途中の林のなかで
たびたび聞いたあの透明な足音だ
……わたくしはもう仕方ない
　誰が来ように
ここでこう肱を折りまげて
睡っているより仕方ない
だいいちどうにも起きられない……
　　　　………
　　　叫んでいるな
　　(南無阿弥陀仏)
　　(南無阿弥陀仏)
　　(南無阿弥陀仏)
何というふしぎな念仏のしようだ

まるで突貫するようだ
………
もうわたくしを過ぎている
ああ見える
二人のはだしの逞ましい若い坊さんだ
黒の衣の袖を扛げ
黄金で唐草模様をつけた
神輿を一本の棒にぶらさげて
川下の方へかるがるかついで行く
誰かを送った帰りだな
声が山谷にこだまして
いまや私はやっと自由になって
眼をひらく
ここは河原の坊だけれども
曽つてはここに棲んでいた坊さんは
真言か天台かわからない
とにかく昔は谷がも少しこっちへ寄って

ああいう崖もあったのだろう
鳥がしきりに啼いている
もう登ろう

三七五　山の晨明に関する童話風の構想

一九二五、八、一一、

つめたいゼラチンの霧もあるし
桃いろに燃える電気菓子もある
またはいまつの緑茶をつけたカステーラや
なめらかでやにっこい緑や茶いろの蛇紋岩
むかし風の金米糖でも
wavellite の牛酪でも
またこめつがは青いザラメでできていて
さきにはみんな
大きな乾葡萄がついている
みやまういきょうの香料から
蜜やさまざまのエッセンス
そこには碧眼の蜂も顫える
そうしてどうだ

風が吹くと　風が吹くと
傾斜(けいしゃ)になったいちめんの釣鐘草(ブリユーベル)の花に
かがやかに　かがやかに
またうつくしく露(つゆ)がきらめき
わたくしもどこかへ行ってしまいそうになる……
蒼(あお)く湛(たた)えるイーハトーボのこどもたち
みんなでいっしょにこの天上の
飾(かざ)られた食卓に着こうでないか
たのしく燃えてこの聖餐(せいさん)をとろうでないか
そんならわたくしもたしかに食っているのかというと
ぼくはさっきからここらのつめたく濃(こ)い霧(きり)のジェリーを
のどをならしてのんだり食ったりしてるのだ
ぼくはじっさい悪魔(あくま)のように
きれいなものなら岩でもなんでもたべるのだ
おまけにいまにあすこの岩の格子(こうし)から
まるで恐(おそ)ろしくぎらぎら熔(と)けた
黄金(きん)の輪宝(くるま)がのぼってくるか
それともそれが巨(おお)きな銀のランプになって

白い雲の中をころがるか
どっちにしても見ものなのだ
おお青く展がるイーハトーボのこどもたち
グリムやアンデルゼンを読んでしまったら
じぶんでがまのはんばきを編み
経木の白い帽子を買って
この底なしの蒼い空気の淵に立つ
巨きな菓子の塔を攀じよう

三七七　九月

キャベジとケールの校圃(はたけ)を抜けて
アカシヤの青い火のとこを通り
燕(つばめ)の群(むれ)が鰯(いわし)みたいに飛びちがうのにおどろいて
風に帽子(ぼうし)をぎしゃんとやられ
あわてて東の山地の縞(しま)をふりかえり
どてを向こうへ跳(と)びおりて
試験の稲にただずめば
ばったが飛んでばったが跳(と)んで
もう水いろの乳熟(にゆうじゆく)すぎ
テープを出してこの半旬(はんじゆん)の伸(の)びをとれば
稲の脚(あし)からがさがさ青い紡錘形(ぼうすいけい)を穂先(ほさき)まで
四尺(よんしやく)三寸三分を手帳がぱたぱた云(い)い
書いてしまえば

一九二五、九、七、

あとは
Fox tail grass の緑金の穂(ほ)と
何でももうぐらぐらゆれるすきだい
　　……西の山では雨もふれば
　　　ぼうと濁(にご)った陽(ひ)もそそぐ……
それから風がまた吹(ふ)くと
白いシャツもダイナモになるぞ
　　……高いとこでは風のフラッシュ
　　　燕がみんな灰になるぞ……
北は丘(おか)越(こ)す電線や
汽笛(きてき)の cork screw かね
Fortuny 式の照明かね
　　……そらをうつした潦(みずたまり)……
誰(たれ)か二鐘をかんかん鳴らす
二階の廊下を生徒の走る音もする
きょうはキャベジの中耕をやる
鍬(くわ)が一梃(ちょう)こわれていた

三七八　住居

青い泉と
たくさんの廃屋（はいおく）をもつ
その南の三日月形（みかづきがた）の村では
教師あがりの採種者（たねや）など
置いてやりたくないという
　……風のあかりと
　　草の実の雨……
ひるもはだしで酒を呑（の）み
眼（め）をうるませたとしよりたち

一九二五、九、一〇、

三八三　鬼言（幻聴）

一九二五、一〇、一八、

三十六号！
左の眼は三！
右の眼は六！
斑石をつかってやれ

三八四　告別

一九二五、一〇、二五、

おまえのバスの三連音が
どんなぐあいに鳴っていたかを
おそらくおまえはわかっていまい
その純朴さ希みに充ちたたのしさは
ほとんどおれを草葉のように顫わせた
もしもおまえがそれらの音の特性や
立派な無数の順列を
はっきり知って自由にいつでも使えるならば
おまえは辛くてそしてかがやく天の仕事もするだろう
泰西著名の楽人たちが
幼齢弦や鍵器をとって
すでに一家をなしたがように
おまえはそのころ

この国にある皮革（ひかく）の鼓器（こき）と
竹でつくった管（かん）とをとった
けれどもいまごろちょうどおまえの年ごろで
おまえの素質と力をもっているものは
町と村との一万人のなかになら
おそらく五人はあるだろう
それらのひとのどの人もまたどのひとも
五年のあいだにそれを大抵（たいてい）無くすのだ
生活のためにけずられたり
自分でそれをなくすのだ
すべての才や力や材というものは
ひとにとどまるものでない
ひとさえひとにとどまらぬ
云（い）わなかったが
おれは四月はもう学校に居ないのだ
恐（おそ）らく暗くけわしいみちをあるくだろう
そのあとでおまえのいまのちからがにぶり
きれいな音の正しい調子とその明るさを失って

ふたたび回復できないならば
おれはおまえをもう見ない
なぜならおれは
すこしぐらいの仕事ができて
そいつに腰をかけてるような
そんな多数をいちばんいやにおもうのだ
もしもおまえが
よくきいてくれ
ひとりのやさしい娘をおもうようになるそのとき
おまえに無数の影と光の像があらわれる
おまえはそれを音にするのだ
みんなが町で暮したり
一日あそんでいるときに
おまえはひとりであの石原の草を刈る
そのさびしさでおまえは音をつくるのだ
多くの侮辱や窮乏の
それらを噛んで歌うのだ
もしも楽器がなかったら

いいかおまへはおれの弟子なのだ
ちからのかぎり
そらいっぱいの
光でできたパイプオルガンを弾くがいい

四〇二　国道

風の向こうでぼりぼり音をたてるのは
並樹の松から薪をとっているとこらしい
いまやめたのは向こうもこっちのけはいをきいているのだろう
行き過ぎるうちわざと呆けて立っている
弟は頬も円くてまるでこどもだ
いかにもぼんやりおれを見る
いきなり兄貴が竿をかまえて上を見る
鳥でもねらう身構えだ
竿のさきには小さな鎌がついている
そらは寒いし
やまはにょきにょき
この街道の巨きな松も
盛岡に建つ公会堂の経費のたしに

一九二六、一、一四、

請負どもがじき伐るからな

四〇三　岩手軽便（けいべん）鉄道の一月

ぴかぴかぴかぴかぴか田圃（たんぼ）の雪がひかってくる
河岸の樹（き）がみなまっ白に凍（こお）っている
うしろは河がうららかな火や氷を載（の）せて
ぼんやり南へすべっている
よう　くるみの木　ジュグランダー　鏡を吊（つる）し
よう　かわやなぎ　サリックスランダー　鏡を吊し
はんのき　アルヌスランダー　鏡鏡鏡鏡をつるし
からまつ　ラリクスランダー　鏡をつるし
グランド電柱　フサランダー　鏡をつるし
さわぐるみ　ジュグランダー　鏡を吊し
桑（くわ）の木　モルスランダー　　　鏡を……
ははは　汽車（こっち）がとうとうななめに列をよこぎったので
桑の氷華（ひょうか）はふさふさ風にひかって落ちる

一九二六、一、一七、

春と修羅

第二集補遺

発動機船　第二

船長は一人の手下を従えて
手を腰（こし）にあて
とうとうとうとう尖（とが）ったくらいラッパを吹く
さっき一点赤いあかりをふっていた
その崖上（がいじょう）の望楼（ぼうろう）にむかい
さながら挑戦の姿勢をとって
つづけて鉛（なまり）のラッパを吹き
とうとうとうとう
月のあかりに鳴らすのは
スタンレーの探険隊に
丘（おか）の上から演説した
二人のコンゴー土人のよう
崖（がけ）には何かひばか竹かが

凍(こご)えたようにばしゃばしゃ生えて
波は青じろい焰(ほのお)をあげて
その崖裾(がけすそ)の岩を噛(か)み
船のまわりも明るくて
青じろい岩層も見えれば
まっ黒な藻(も)の群落も手にとるばかり
いきなり崖のま下から
一隻伝馬(てんま)がすべってくる
船長はぴたとラッパをとめ
そこらの水はゆらゆらゆれて
何かおかしな燐光(りんこう)を出し
近づいて来る伝馬には
木ぼりのような巨(おお)きな人が
十人ちかく乗っている
ここまでわずか三十間(けん)を
ひるもみんなで漕(こ)いだのだから
夜もみんなで漕ぐのだとでも云(い)いそうに
声をそろえて漕いでくる

船長は手をそっちに出し
うしろの部下はいつか二人になっている
たちまち船は櫓をおさめ
そこらの波をゆらゆら燃した
とうとうこっちにつきあたる
へさきの二人が両手を添えて
鉛いろした樽を出す
こっちは三人　それをかかえて甲板にとり
も一つそれをかかえてとれば
向こうの残りの九人の影は
もうほんものの石彫のよう
じっとうごかず座っていた
どこを見るのかわからない
船長は銀貨をわたし
エンジンはまたぽつぽつ云う
沖はいちめんまっ白で
シリウスの上では
一つの氷雲がしずかに溶け

水平線のま上では
乱積雲(らんせきうん)の一むらが
水の向こうのかなしみを
わずかに甘(あま)く咀嚼(そしゃく)する

〔どろの木の根もとで〕

どろの木の根もとで
水をけたてゝはねあがったのは
まさしくこゝらの古い水きね
そばには葦で小さな小屋ができている
粟か稗かをついてるのらしい
つづけて水はとうとうと落ち
きねはしばらく静止する
ひるなら羊歯のやわらかな芽や
プリムラも咲くきれいな谷だ
きねは沈んでまたはねあがり
月の青火はぼろぼろ落ちる
もっともきねというよりは
小さな丸木舟であり

むしろ巨きなさじであると
こんども誰かが云いそうなのは
じつはこっちがねむいのだ
どこかで鈴が鳴っている
それは道路のあっち側
柏や栗か　そのまっくらな森かげに
かぎなりをした家の
右の袖から鳴ってくる
前の四角な広場には
五十ばかりの厩肥の束が
月のあかりに干されている
ねむった馬の胸に吊るされ
呼吸につれてふるえるのだ
馬は恐らくしき草の上に
足を重ねてかんばしくねむる
わたくしもまたねむりたい
まもなく東が明るくなれば
馬は巨きな頭を下げて

がさがさこれを畑へはこぶ
そのころおれは
まだ外山（そとやま）へ着けないだろう
ひるの仕事でねむれないといって
いまごろここらをうろつくことは
ブラジルでなら
馬どろぼうに間違われて
腕（うで）に鉛（なまり）をぶちこまれても仕方ない
どこかで鈴とおんなじに啼（な）く鳥がある
それはたとえば青くおぼろな保護色だ
向こうの丘（おか）の影（かげ）の方でもないている
そのまたもっと向こうでは
たしかに川も鳴っている
きねはもいちどはねあがり
やなぎの絮（わた）や雲さびが
どろの梢（こずえ）をしずかにすぎる

〔水よりも濃いなだれの風や〕

水よりも濃いなだれの風や
縦横な鳥のすだきのなかで
ここらはまるで妖精たちの棲家のよう
つめたい霧のジェリイもあれば
桃いろに飛ぶ雲もある
またはいまつの緑茶をつけたカステラや
茶や橄欖の蛇紋岩や
青いつりがねにんじんの
花にきらめく一億の露
みやまういきょうの香料から
碧い眼をした蜂のふるう
蜜やさまざまのエッセンス
オランダ風の金米糖でも

wavellite の牛酪でも
またこめつがは青いザラメでできていて
さきにはみんな干した葡萄がついている
青く湛える北上河谷のこどもたち
この青ぞらの淵に立つ
巨きな菓子の塔こそは
白堊紀からの贈物
あらゆる塵やつかれを払う
その重心の源である

種馬(しゅば)検査日

ひかって華奢(きやしや)なサラーブレッド
息濃(こ)く熱いアングロアラヴ
カンデラブルのかたちした
白樺(しらかば)の木をとめくる水に
かげろうも燃え湯気(ゆげ)も燃え
　蟇(ひきがえる)の卵の弾薬帯(だんやくたい)や
また水芋(みずいも)の青じろい花
ひとひら青い雲かげは
かげろうを織り残雪を織り
なだらの草をすべって来ては
かたくりの花もその葉のまだらも燃やす
白い頭巾(ずきん)でいばえたり
水いろの羅沙(らしゃ)を着たりして

馬はつぎつぎ溯（のぼ）ってくる
風の透明（とうめい）な楔形（せっけい）文字は
ごつごつ暗いくるみの枝に来て鳴らし
またいぬがやや笹（ささ）をゆすれば
ふさふさ白い尾をひらめかす重挽馬（じゅうばんば）
あるいは巨（おお）きなとかげのように
日を航海するハックニー
こんどはまるで熊（くま）そっくりの
ゼラチンをかけたようなもの
また山鳥の眼付（めつき）して
膝（ひざ）に球ある雑種など
孔雀（くじゃく）のいしのそらのした
雪融（ゆきどけ）の流れをのぼって行く

〔朝日が青く〕

朝日が青く
ひかりはひどい銅（あかがね）なので
この尾根みちの樹（き）の影（かげ）は
みんな右手の谷の霧（きり）
寒天質（アガーチナス）なよどみのなかに
おぼろに黒く射込（いこ）まれる
　……その灰いろの霧の底で
　　鳥がたくさんないている……
まっ赤（か）なあざみの花がある
樹をもるわずかなひかりに咲いて
巨（おお）きなカカリヤの花とも見える
そんなに赤いあざみの花
　……この尾根みちにのぼってから

まだ十分にもならないのに
靴もずぼんも露でいっぱい
流れを渉ったようになった……

軍馬補充部の六原支部が
来年度から廃止になれば
〔約三字空白〕産馬組合が
払い下げるか借りるかして
それを継承するのだけれども
組合長の高清は
きれいに分けた白髪を
片手でそっとなでながら
ひとつ無償でねがいたい
われわれ産馬家というものは
政策上から奨励されて
間にも合わないこの事業を
三十年もやってきた
そうしてそれをやったものは
みんな貧乏しているると

そういうことを陳情する
　……また山鳥のプロペラー……
もういまごろはちゃんと起きて
こっちが面白はんぶんに
山を調べに出ることを
手にとるように見すかしながら
何十年の借金で
根こそげすっかり洗いつくし
教会のホールのようになった
がらんと巨きな室のなかで
しずかにお茶をのんでいる
　　……谷にいるのは山鳥でない
　　　かなり大きな鳥だけれども
　　　行ったりきたりしているところ
　　　それが到底山鳥でない……
はげしい栗の花のにおい
送って来たのは西の風だ
谷の霧からまっ青なそらへ

岬(みさき)のように泛(うか)んでいる
向こうの尾根のところどころ
月光いろの梢(こずえ)がそれだ
そのいちいちの粟(あわ)のような花から
風にとかされ無数の紐(ひも)や波になって
ここらの尾根を通るのだろう
　……この谷そこの霧のなかに
　　三軒(げん)かある小さな部落……
東は青い山地の縞(しま)が
しずかに風を醸造(じようぞう)する

〔行きすぎる雲の影(かげ)から〕

行きすぎる雲の影から
赤い小さな蟻(あり)のように
馬がきらきらひかって出る
みんないっしょにあつまっている
かげろうのためにはげしくゆれる
小さな藪(やぶ)をせなかにしょって
白いずぼんのおとこが一人
馬にむかって立っている
それもやっぱりぐらぐらゆれる
たぶんは食塩をやるために
ラッパを吹いてあつめたところ
うしろは姥石(うばいし)高日まで
いまさわやかな夏草だ

それが茶いろの防火線と
緑のどてでへりどられ
十幾(いく)つかにわけられる
つるつる光る南のそらから
風の脚(あし)や雲の影は
何べんも何べんも涵(ひた)って来て
群(むれ)はそのたびくらくなる

草の年々へるわけは
一つは木立(こだち)がなくなって
土壌(どじょう)があんまり乾(かわ)くためだ
木のあるところは草もいいし
窪(くぼ)ほど草がいいようだ
はんをつけるといいなと云(い)えば
あの冷静な高清(たかせい)は
そんな費用があるくらいなら
豆をも少し食わせるという
一つはやっぱり脱滷(だつろ)のためだ
採草地でなく放牧地なら

天然的な補給もあり
地力は衰えない筈(はず)だけれども
ずいぶんあちこち酸性(さんせい)で
すいばなどが生えている
どこか軽鉄(けいてつ)沿線で
石灰岩(せっかいがん)を切り出して
粉にして撒(ま)けばいいと云(い)えば
それはほんとにいいことか
畑や田にもいいのかと
そう高清(たかせい)が早速(さっそく)きく
もちろんそれは畑にもいい
アメリカなどでもう早くからやっている
そう答えれば高清は
それならひとつ県庁へ行って
株式会社をたてるという
国家事業とか何とか云って
株をあちこち募集して
十年ぐらいの間には

誰がどうにかしたでもなく
すっかりもとをなくしてしまう
馬はやっぱりうごかない
人もやっぱりうごかない
かげろうの方はいよいよ強く
雲影もまたたくさん走る

若き耕地課技手の Iris に対するレシタティヴ

測量班の人たちから
ふたたびひとりぼくははなれて
このうつくしい Wind Gap
緑の高地を帰りながら
あちこち濃艶(のうえん)な紫(むらさき)の群落
日に匂(にお)うかきつばたの花彙(かい)を
何十となく訪ねて来た
尖(とが)ったトランシットだの
だんだらのポールをもって
古期北上(きたかみ)と紀元を競い
白堊紀(はくあき)からの日を貯(たくわ)える
準平原の一部から
路線や圃地(ほち)を截(き)りとったり

岩を析(さ)いたりしたあげく
二枚の地図をこしらえあげる
これは張りわたす青天の下に
まがう方ない原罪である
あしたはふるうモートルと
にぶくかがやく巨(おお)きな犁(すき)が
これらのまこと丈(たけ)高く
靭(しな)う花軸(かじく)の幾(いく)百や
青い蠟(ろう)とも絹(きぬ)とも見える
この一一(いちいち)の花蓋(かがい)と蕊(しべ)を
反転される黒土の
無数の条(すじ)に埋めてしまう
それはさびしい腐植(ふしょく)にかわり
やがては粗剛(そごう)なもろこしや
オートの穂(ほ)をもつくるだろうが
じつにぼくはこの洌(きよ)らかな南の風といっしょに
あらゆるやるせない撫(ぶ)や触(しょく)や
はてない愛惜(あいせき)を花群に投げる

〔おれはいままで〕

おれはいままで
房(ふさ)のつかない上着など
まだ着たことがないからなと
樹(き)を漏(も)ってくる日光と
降るような鳥の声のなかで
円い食卓にふんぞりかえって
野豚(のぶた)のハムを嚙(か)みながら
高清(たかせい)ラムダ八世の
ミギルギッチョがぶつぶつ云(い)う
ミギルギッチョのかみさんは
ミギルギッチョの斜向(はすむか)い
椅子(いす)からはんぶんからだをねじって
胡桃(くるみ)のコプラを炙(や)いている

すましてじゅうじゅう炙いている
ミギルギッチョは手を出して
こんどは餅(もち)をつまんでたべる
ああ　草いきれ　汗(あせ)　暑さ
設計された未来の林園とでもいうような
これら逞(たく)ましい栗(くり)の巨木(きょぼく)の群落と
草の傾斜(けいしゃ)をかけおりてくれば
ここはいちめんイリスの花だ
その濃艶(のうえん)な紫(むらさき)の花を
こんなにあちこち折ったのは
もちろん馬のしわざである
なぜならここは
いちばんはやる馬の水のみ場所らしい
馬がわれがち流れにはいって
ならんでのどをごくごくやったり
厭(あ)きてはじっと水に蹄(ひづめ)をひたしたまま
しっぽをばしゃばしゃふったりする
そういうところをたしかに見たのは

あの柳沢(やなぎさわ)の湧水(ゆうすい)だ
それがいまにも嵐(あらし)のように
上の原からおりて来て
ここらの花をみんな潰(つぶ)してしまいそうなのは
じつはこっちが暑く渇(かわ)いているためだ
たくさんの藍燈(らんとう)を吊(つ)る
巨(おお)きな椈(ぶな)の緑廊(りょくろう)を
紅やもえぎにながれたり
暗い石油にかわったり
水はつめたくすべってくる
　……掬(すく)えば鱗(うろこ)の紋(もん)もでき
　　底の砂にもうつってひかる……
けさ上の原を横切るときは
種山(たねやま)モナドノックは霧(きり)
ここは一すじ
緑の紐(ひも)に見えていて
そのなかいっぱい
いろいろな玻璃器(はりき)を触(ふ)れ合せるように

鳥がたくさんないていた
それがあんまり細くはっきりきこえたので
はじめはここらの七月が
はやくも秋の虫をなかせるのかとさえ
しばらくあやしみながめていた
いま　空はもうひじょうな風で
雲もひかってかけちがい
ひぐらしもなけば冠毛(かんもう)もとぶ
にぎやかな夏のひるなので
鳥はもう一ぴきも鳴いていない

〔滝（たき）は黄に変って〕

滝は黄に変って
りゅうりゅうと弧度（こど）を増しているし
雲はむじな色で
いたやの脚（あし）を上から順に消しながら
谷を滑（すべ）っておりてくる
それがここだけ
ちょうど直径一　米（メートル）
雲を掘り下げた石油井戸ともいう風に
ひどく明るくて玲瓏（れいろう）として
雫（しずく）にぬれたしらねあおいやぜんまいや
いろいろの葉が青びかりして
風にぶるぶるふるえている
早くもぴしゃっと稲光り（いなびかり）
雲から雲への大静　脈（じょうみゃく）

早く走って下りないと
下流でわたって行けなくなる
もう鳴りだした
岩がびりびりふるいだす
それをよくまあ
谷いっぱいのいたやの木が
ぽたりと雫をおとしたり
じっと立ったりしているもんだ
もっともそういういたやの下は
みな黒緑の犬榧（いぬがや）で
それに渓中（たにじゅう）申し分ないいい石ばかり
何たる巧者な文人画的装景（そうけい）だろう
もっとここらでかんかんとして
山気なり嵐気（らんき）なり吸（す）っていたいのであるが
またもやこんなに
うすむらさきにべにいろなのを
まっこうから叩（たた）きつけて
ぼくを追いだすわけなのだ

〔あけがたになり〕

あけがたになり
風のモナドがひしめき
高地もけむりだしたので
月は崇厳（すうごん）な麺麭（パン）の実に凍（こお）って
はなやかな錫（すず）いろのそらにかかれば
西ぞらの白い横雲の上には
泯（ほろ）びた古い山彙（さんい）の像が
鼠（ねずみ）いろしてねむたくうかび
いまはひとつの花彩とも
見ようとおもった盛岡（もりおか）が
わずかにうねる前丘（ぜんきゅう）の縁（へり）
つめたいあかつきのかげろうのなかに
青く巨（おお）きくひろがって

アークライトの点綴や
町なみの氷燈の列
馥郁としてねむっている
まことにここらのなお雪を置くさびしい朝
すなわち三箇名しらぬ褐色の毬果をとって
あめなる普香天子にささげ
西雲堆の平頂をのぞんで
母の北上山彙としめし
転じて南方はてない嘉気に
若く息づく耕土を期して
かわらぬ誠をそこに誓えば
ふたたび老いる北上川は
あるかなしに青じろくわたる天の香気を
しずかにうけて滑って行く
やぶうぐいすが鳴きはじめ
なきはじめてはしきりになき
すがれの草穂かすかにさやぐ

葱嶺（パミール）先生の散歩

気圧が高くなったので
昨日固態の水銀ほど
乱れた雲を弾（はじ）いていた
地平の青い膨（ふく）らみも
徐々に平位を復するらしい
しかも国土の質たるや
それが瑠璃（るり）から成るにもせよ
弾性（だんせい）なきを尚（たつと）ばず
地面行歩に従って
小さい歪（ひず）みをつくること
あたかもよろしき凝膠（ゲル）なるごとき
これ上代の天竺（てんじく）と
やがては西域諸国に於（お）ける

永い夢でもあったのである

向こうかがやく雪の火山のこっち側
何か播かれた四角な畑に
鉋屑製の幢幡とでもいうべきものが
十二正しく立てられていて
古金の色の夕陽に映え
いろいろの風にさまざまになびくのは
たしかに鳥を追うための装置であって
別に異論もないのであるが
それがことさらあの高山を祀るがように
長短順を整えて
二列正しく置かれたことは
ある種拝天の遺風であるか
山岳教の余習であるか
とにかく誰しもこの情景が
単なる実用が産出した
遇然とのみ看過し得まい

古金(こきん)の色の夕陽(ゆうひ)と云(い)えば
きみのまなこは非難する
どうして卑(いや)しい黄金(キン)をばとって
この尊厳(そんげん)の夕陽に比すると
さあれわたしの名指したものは
今日世上交易(こうえき)の

暗い黄いろなものでなく
遠く時軸(じじく)を溯(さかのぼ)り
幾多(いくた)所感の海を経て
竜樹菩薩(りゅうじゅぼさつ)の大論(だいろん)に

わずかに暗示されたるたぐい
すなわちその徳いまだに高く
その相はなはだ旺(さか)んであって
むしろ流　金(クイックゴールド)ともなすべき
わくわくたるそれを云うのである

そう亀茲(きじ)国の夕陽のなかを

やっぱりたぶんこういう風に
鳥がすうすう流れたことは
出土のそこの壁画から
ただちに指摘できるけれども
沼地の青いけむりのなかを
はぐろとんぼが飛んだかどうか
そは杳として知るを得ぬ

〔雪と飛白岩（ギャブロ）の峯（みね）の脚（あし）〕

雪と飛白岩の峯の脚
二十日（はつか）の月の錫（すず）のあかりに
澱（よど）んで赤い落水管（らくすいかん）と
ガラスづくりの発電室と
　……また余水吐（よすいばき）の青じろい滝（たき）……
黝（くろ）い蝸牛水車（スネールタービン）で
早くも春の雷気（らいき）を鳴らし
鞘翅発電機（ダイナモコレオプテラ）をもって
愴（そう）たる夜中の睡気（すいき）を顫（ふる）わせ
大トランスの六つから
三万ボルトのけいれんを
野原の方へ送りつけ
むら気多情の計器（メーター）どもを

ぽかぽか監視してますと
いつか巨大な配電盤(はいでんばん)は
交通地図の模型と変じ
小さな汽車もかけ出して
海よりねむい耳もとに
やさしい声がはいってくる
おお恋人の全身は
玲瓏(れいろう)とした氷でできて
谷の氷柱を靴(くつ)にはき
淵(ふち)の薄氷をマントに着れば
胸にはひかるポタシュバルヴの心臓が
耿々(こうこう)としてうごいている
やっぱりあなたは心臓を
三つももっていたんですねと
技手がかなしくかこって云(い)えば
佳人(かじん)はりゅうと胸を張る
どうして三つか四つもなくて
脚本(きゃくほん)一つ書けましょう

技手は思わず憤る
なにがいったい脚本です
あなたのむら気な教養と
愚にもつかない虚名のために
そこらの野原のこどもらが
小さな赤いももひきや
足袋ももたずにいるのです
旧年末に家長らが
魚や薬の市へ来て
溜息しながら夕方まで
行ったり来たりするのです
そういう犠牲に値する
巨匠はいったい何者ですか
そういう犠牲に対立し得る
作品こそはどれなのですか
もし芸術というものが
蒸し返したりごまかしたり
いつまでたってもいつまで経っても

やくざ卑怯(ひきょう)の遁(に)げ場所なら
そんなものこそ叩(たた)きつぶせ
云(い)い過ぎたなと思ったときは
令嬢(フロイライン)の全身は
いささかピサの斜塔(しゃとう)のかたち
どうやらこれは重心が
脚(あし)より前へ出て来るよう
ねえご返事をききましょう
なぜはなやかな機智(きち)でなり
突(つ)き刺(さ)すような冷笑なりで
ぴんと弾(はじ)いて来ないんです
おお傾角(けいかく)の増大は
tの自乗(じじょう)に比例する
ぼくのいまがた云ったのは
ひるま雑誌で読んだんです
しっかりなさいと叫(さけ)んだときは
ひとはあおあお昏倒(こんとう)して
じゃらんぱちゃんと壊(こわ)れてしまう

愴惶（そうこう）として眼（まなこ）をあけば
コンクリートのつめたい床（ゆか）で
工手は落した油缶（オイル）をひろい
窓（まど）のそとでは雪やさびしい蛇紋岩（サーペンテイン）の峯（みね）の下
まっくろなフェロシリコンの工場から
赤い傘火花（かさひばな）の雲が舞いあがり
一列の清冽（せいれつ）な電燈（でんとう）は
ただ青じろい二十日（はつか）の月の
盗賊紳士（とうぞくしんし）風（ふう）した風のなかです

口語詩稿より

発動機船　一

うつくしい素足に
長い裳裾をひるがえし
この一月のまっ最中
つめたい瑯玕の浪を踏み
冴え冴えとしてわらいながら
こもごも白い割木をしょって
発動機船の甲板につむ
頬のあかるいむすめたち
……あの恐ろしいひでりのために
　　みのらなかった高原は
　　いま一抹のけむりのように
　　この人たちのうしろにかかる……
赤や黄いろのかつぎして

雑木の崖のふもとから
わずかな砂のなぎさをふんで
石灰岩の岩礁へ
ひとりがそれをはこんでくれれば
ひとりは船にわたされた
二枚の板をあやうくふんで
この甲板に負ってくる
モートルの爆音をたてたまま
船はわずかにとめられて
潮にゆらゆらうごいていると
すこしすがめの船長は
甲板の椅子に座って
両手をちゃんと膝に置き
どこを見るともわからず
口を尖らしているところは
むしろ床屋の親方などの心持
そばでは飯がぶうぶう噴いて
角刈にしたひとりのこどもの船員が

立ったまますりばちをもって
何かに酢味噌(すみそ)をまぶしている
日はもう崖のいちばん上で
大きな榧(かや)の梢(こずえ)に沈(しず)み
波があやしい紺碧(こんぺき)になって
岩礁ではあがるしぶきや
またきららかにむすめのわらい
沖(おき)では冬の積雲が
だんだん白くぼやけだす

発動機船　三

石油の青いけむりとながれる火花のしたで
つめたくなめらかな月あかりの水をのぞみ
ちかづく港の灯の明滅(めいめつ)を見まもりながら
みんなわくわくふるえている
　　……水面(みなも)にあがる冬のかげろう……
もも引(ひき)ばきの船長も
いまは鉛(なまり)のラッパを吹かず
青じろい章魚(たこ)をいっぱい盛(も)った
樽(たる)の間につっ立って
やっぱりがたがたふるえている
うしろになった魹(とど)の崎(さき)の燈台と
左にめぐる山山を
やや口まげてすがめにながめ

やっぱりがたがたふるえている
……ぼんやりけぶる十字航燈(こうとう)……
ああ冴(さ)えわたる星座や水や
また寒冷な陸風や
もう測候所の信号燈や
町のうしろの低い丘丘(おかおか)も見えてきた
羅賀(らが)で乗ったその外套(がいとう)を遁(の)がすなよ

〔高原の空線もなだらに暗く〕

高原の空線もなだらに暗く
乳房のかたちの種山は
濁った水いろのそらにうかんで
みちもなかばに暮れてしまった
……ひるは真鍮のラッパを吹いて
　あつまる馬に食塩をやり
　いまは溶けかかったいちはつの花をもって
　ひとは峠を下って行った……
その古ぼけた薄明穹のいただきを
すばやく何か白いひかりが擦過する
そこに巨きな魚形の雲が
そらの夕陽のなごりから
尻尾を赤く彩られ

しずかに東へ航行する
ふたたびそらがかがやいて
雲の魚の嘴(くちばし)は
一すじ白い折線を
原の突起(とっき)にぎらぎら投げる
音もごろごろ聞えてくれば
はやくも次の赤い縞(しま)
いままた赤くひらめいて
浅黄(あさぎ)ににごったうつろの奥(おく)に
二列の尖(とが)った巻層雲(けんそううん)や
うごくともない水素の川を
わくわくするほど幻怪(げんかい)に見せ
つぶやくようなそのこだま
凸(とつ)こつとして苔(こけ)生えた
あの　玢岩(ふんがん)の　残丘(モナドノツク)
そのいただきはいくたびふるい
海よりもさびしく暮れる
はるかな草のなだらには

ひるの馬群がいつともしらず
いくつか円い輪をつくり
からだを密に寄り合いながら
このフラッシュをあびてるだろう
そこに四疋の二才駒
あの高清の命の綱も
首を垂れたり尾をふったり
やっぱりじっと立っている
蛾はほのじろく艸をとび
あちこちこわれた鉄索のやぐらや
谷いっぱいの青いけむり
この県道のたそがれに
ああ心象の高清は
しずかな磁製の感じにかわる

凡例

本コレクションは、『新校本　宮沢賢治全集』（筑摩書房）を底本とし、『新修宮沢賢治全集』、新潮文庫『新編　風の又三郎』『新編　銀河鉄道の夜』『注文の多い料理店』『ポラーノの広場』『新編　宮沢賢治詩集』等を参考にして校訂し、本文を決定しました。〔　〕のついた作品題名は、無題あるいは題名不明の作品の冒頭一行を仮題名としたものです。

本文は、短歌・文語詩以外は、現代仮名づかいに改めました。また、本文中に使用されている旧字・正字について、常用漢字字体のあるものはそれに改めました。

また、読みやすさを考え、句読点を補い、改行を施した箇所があります。

さらに、常用漢字以外の漢字、宛字、作者独自の用法をしている漢字を中心として、読みにくいと思われる漢字には振り仮名をつけ、送りがなを補いました。「一諸」「大伭」などのように作者が常用しており、当時の用法として必ずしも誤りとは言えない用字や表記についても、現代通行の標準的字・表記に改めたものがあります。

今日の人権意識に照らして不当・不適切と思われる、人種・身分・職業・身体障害・精神障害に関する語句や表現については、時代的背景と作品の価値にかんがみ、そのままとしました。

本文について

杉浦　静

本巻には、「春と修羅　第二集」の「序」と心象スケッチ一一二篇、及び「春と修羅　第二集　補遺」として、専用の詩稿用紙に記載されるが作品番号・日付が失われた「第二集」からの発展作品十二篇、さらに、「口語詩稿より」として、「第二集」「第二集　補遺」の関連作品「発動機船　一」「発動機船　三」「〔高原の空線もなだらに暗く〕」の三篇を収録した。なお、本コレクションの底本である『新校本宮沢賢治全集』第三巻の「春と修羅　第二集」には、「三四八　〔水平線と夕陽を浴びた雲〕〔断片〕　一九二五、一、七、」が収録されているが、本文欠落や不明箇所の多い作品であるため本巻には収めなかった。

「春と修羅　第二集」は、作者生前未刊の詩集である。作者が晩年詩稿整理に用いた黒クロース表紙に「春と修羅　第二集　大正十三年　大正十四年」と書かれたものがあり、また「序」と題された詩も残されている。また、一九三一（昭和六）年頃に使用されていた「兄妹像手帳」と呼ばれる手帳中には「春と修羅　第二集、　終結」と題されたメモが記されている。これらから、作者には『春と修羅』（一九二四年四月刊）に続く心象スケッチ集「春と修羅　第二集」の構想があり、その構想は内容を変えながら晩年に至っても持続していたことがうかがわれる。この構想に従って、本巻では、専用の詩稿用紙に書かれ、作品番号と作者指定期間の日付が付された心象スケッチを「春と修羅　第二集」としてまとめることとした。作者指定の期間は、晩年の黒クロース表紙メモでは、「大正十三年　大正十四年」とされている。しかし、「序」には「この一巻は／わたくしが岩手県花巻の／農学校につとめて居りました四年のうちの／終りの二年の手記から集めたものでございます」と書かれ農学校の学年歴が意識されていたらしいこと、また続く「第三集」の期間指定が「自　昭和元年四月／至　三年七月」となっていることより、作者が花巻農学校を退職した大正十五（一九二六）年三月末までを期間に含むと判断し、「四〇二　国道」（一九二六、一、一四、）、「四〇三　岩手軽便鉄道の一月」（一九二六、一、一七、）の二篇をも「第二集」の心象スケッチとして収録した。なお、作品番号は、二〇〇番台の不在、三〇〇番台の重複出現、四、五〇〇番台の過少など、様々な謎を含むものであるので、本巻では、指定期間の心象スケッチを日付順に配列した。

　心象スケッチ集『春と修羅』の発行を間近に控えた一九二四年早春から〈第二集〉の心象スケッチは開始された。現存する〈第二集〉冒頭のスケッチは「二　空明と傷痍　一九二四、二、二〇、」。そして、〈第二集〉最後のスケッチは、「四〇三　岩手軽便鉄道の一月　一九二六、一、一七、」である。作品番号は整理番号でもあり、原則として創作順の番号でもあるとすれば、この二年間に、ノートあるいは手帳（これらは現存しない）には四百篇近くのスケッチが書かれていたと推定される。これが、〈第二集〉の原型となった。

　これらの二年間に書かれた心象スケッチから、まず音楽用五線ノートを用いた詩稿集が作成されようとした。この五線ノートは二葉しか現存しないが、ページノンブルや付された作品番号の不連続などから、相当数のスケッチが原型の〈第二集〉から選択して清書されたと推定される。現存の紙葉には「九三　曠原淑女　一九二四、五、八、」（推敲過程で、題名が失われ、本巻本文では「九三（日脚がぼうとひろがれば」」となっている）や「一六六　薤露青　一九二四、七、一七」、「一九五　塚と風　一九二四、九、一〇、」が書かれている。

　次いで、手製の赤罫詩稿用紙を用いた清書が行われた。心象スケッチ（詩稿）ごとに、作品番号・題名・日付を付して、罫を用いてきれいに清書されている。この時点で、あらためてノートや手帳、五線ノートに書かれたスケッチ群からの選択が行われ、それぞれの稿は推敲されて清書されていったのである。

　一九二五（大正十四）年十二月頃には、宮沢賢治は、「次のスケッチ」を「謄写版」で刊行することを意図し、若い友人森佐一や東京の岩波書店の岩波茂雄への書簡のなかにもその旨書き記していた。しかし、この謄写版印刷による「次のスケッチ」は実現せず、かわりに活版印刷での刊行を考えるようになった。〈第二集〉にむけた「序」も一九二八（昭和三年）の初夏頃には書かれ、その中では「この出版のお方は多分のご損をなさるだろう」と記している。この心象スケッチ集（詩集）は、農学校時代後半の〈イーハトーブ〉のスケッチ集として編集されようとしていた。赤罫詩稿用紙使用の草稿に付された様々な記号やメモなどからこの編集作業はかなり進んでいたことがうかがえる。

　一九二八（昭和三）年夏頃のスケッチ集出版は、賢治自身の病臥によって中断を余儀なくされたが、回復療養期以降、あらためてスケッチの見直しが進められ、やがて黄罫詩稿用紙を用いた推敲・改稿がなされるものが現れてきた。この頃用いられた黄罫詩稿用紙には三種類あり、使用時期も異なるが、およそ一九三〇・三一年頃の使用開始である。この間、赤罫詩稿用紙の紙葉上において推敲がくり返されるもの、推敲結果を赤罫から黄罫詩稿用紙へと清書したもの、さらに黄罫詩稿用紙上で推敲が進められるものと、スケッチごとにさまざまな段階へと至った。その後〈第二集〉〈第三集〉をはじめとする心象スケッチは、一九三二（昭和七）年秋頃までに黒クロース表紙を用いた分類・整理が行われるに至った。〈第二集〉に関しては、この整理の中で、「定稿」「未定稿」「春と修羅　第二集に加ふるもの」に分類されたこともあった。

こののち、さらに推敲を加えながら、〈第二集〉」のスケッチは定稿用紙への清書へと段階が進んでいった。定稿用紙とは、文語詩稿の清書（定稿化）のために特別に作成した詩稿用紙で、一九三三（昭和八）年の六月頃に作成されたものである。それまでの様々な段階の草稿から選択して定稿用紙へと清書していったのである。〈第二集〉のスケッチで定稿用紙へと清書されたのは四九篇であった。ただし、「一五五〔温く含んだ南の風が〕」のように定稿用紙に清書されたが、空白箇所の残る未完成稿のまま残されたものもあった。（「一五五」については、本巻本文は定稿用紙の前段階の赤罫詩稿用紙記入稿最終形態を採用している。）

しかし、これで清書が完了したわけではなかった。作者は、「文語詩稿」の定稿化を優先させたために〈第二集〉の清書は途中で中断していたと推定されるのである。遺された草稿の中には、時間が許せば、さらに定稿用紙に推敲・清書された可能性のあるものが相当数見出されるからである。従って、現存の定稿用紙記入稿をもって心象スケッチ集（詩集）「春と修羅　第二集」の最終形態と決定することはできないのである。

本巻は、作者指定の期間内の、作品番号を付され、日付が記入されたすべての心象スケッチを「春と修羅　第二集」として収録した。本文は、各心象スケッチの推敲過程の最終形態をもって決定している。上記のように、作者自身の構想した「春と修羅　第二集」には数次の構想があり、最晩年の構想も未完のまま中断している。そこでこの作者指定の期間内のすべての心象スケッチを「第二集」として収録することにしたのである。なお、最後の「第二集」の輪郭をうかがうために定稿用紙に清書されたスケッチの題名を次に掲げておく。

ちなみに、最終形態が赤罫詩稿用紙段階でとどまったものは、四七篇。黄罫詩稿用紙段階は一〇篇、音楽用五線ノート段階は三篇、その他三篇である。

「定稿用紙」記入稿

空明と傷痍　〔湧水を呑もうとして〕　丘陵地を過ぎる　早春独白　休息　海蝕台地　山火　嬰児　〔いま来た角に〕　〔向うも春のお勤めなので〕　山火　〔祠の前のちしゃのいろした草はらに〕　〔ふたりおんなじそういう奇体な扮装で〕　〔日はトパースのかけらをそそぎ〕　津軽海峡　〔つめたい海の水銀が〕　〔温く含んだ南の風が〕　〔この森を通りぬければ〕　〔北上川は熒気をながしィ〕　早池峰山巓　秋と負債　〔落葉松の方陣は〕　〔しばらくぼうと西日に向い〕　〔南のはてが〕　産業組合青年会　〔夜の湿気と風がさびしくいりまじり〕　善鬼呪禁　凍雨　〔野馬がかってにこさえたみちと〕　郊外　〔その洋傘だけでどうかなあ〕　孤独と風童　森林軌道　〔寅吉山の北のなだらで〕　〔今日もまたしょうがないな〕　冬　風と反感　〔はつれて軋る手袋と〕　〔地蔵堂の五本の巨杉が〕　〔風が吹き風が吹き〕　春谷暁臥　〔あちこちあじろく接骨木が咲いて〕　〔Largo や青い雲滃やながれ〕　渇水と座禅　岩手軽便鉄道　七月（ジャズ）　〔朝のうちから〕　九月　住居　岩手軽便鉄道の一月

本文は、『新校本宮沢賢治全集』第三巻を底本にしたが、ルビの付加や、行末の読点の削除、作者特有の用字の修正など、今回本文決定にあたり校訂した箇所があるので、以下に作品番号・題名を掲げて注記する。なお、以下の行数は、題名を除いた本文の行数を表すこととする。

春と修羅　第二集

一九　晴天恣意　底本一九〜二一行目行末の読点を他行とそろえて削除した。（以下、同様の校訂については略記する。）

一九　塩水撰・浸種　一行目「塩水撰」は、底本では「塩水選」だが、題名とそろえて「撰」とした。三行目「最後」は底本では「最后」。現代通行の用字とした。底本本文一一・一二行目行末の読点を削除。

二一　痘瘡　底本二行目行末の読点を削除。

二五　早春独白　一四行目の「萓」は底本では「萱」。作者は草稿のほとんどの箇所で「萓」を使用しているが、本巻では通行の「萓」に統一した。（以下のこの校訂についても略記）

六九　〔どろの木の下から〕　二三行目「鉤」は底本では「鍵」。

〔一七二〕〔いま来た角に〕　底本三三行目「骨」・「青さ」の後の読点を削除。

七三　有明　十七行目「最後」は底本では「最后」。

七四　〔東の雲ははやくも蜜の色に燃え〕　底本二一行目行末の読点を削除。

九九　〔鉄道線路と国道が〕　底本一・二・三行目行末の読点を削除。

一一八　函館港春夜光景　底本一・二・四・五・七〜九・一四・一六・一八・二〇〜二三・二五〜二七・二九〜三一・三三・三四・三六〜三八・四四〜四六・四八・四九行目行末の読点を削除。

二七　鳥の遷移　底本二三行目行末の読点を削除。

一五二　林学生　底本七・一一・二二・五四・五五行目行末の読点を削除。また、三八行目「天台」、四五行目「先生」の後の読点も削除。

一五四　亜細亜学者の散策　底本三〇・三七行目行末の読点を削除。

一五五〔温く含んだ南の風が〕　本篇の最終形態は定稿用紙に書かれているが、数カ所の空白箇所があるため、本文は一段階前の赤罫詩稿様紙記入稿最終形態を採用した。一四行目「萱」は、底本では「萓」。底本一八・二〇・三八〜四〇行目行末の読点を削除。

一五七〔ほおじろは鼓のかたちにひるがえるし〕　一四行目「萱」は、底本では「萓」。底本一一・一四・一六行目行末のに読点を削除。

一五八〔北上川は熒気をながしィ〕　底本一二行目「ははあ」、一四行目「ミチア」の後の読点を削除。

一七九〔北いっぱいの星ぞらに〕　八・三七行目「萱」は、底本では「萓」。

一八四「春」変奏曲　底本では、「一八四「春」変奏曲　一九二四、八、二二」と「一八四ノ変　春変奏曲　一九三三、七、五、」とは別テクストとして掲出されている。「一八四ノ変」は、「一八四「春」変奏曲」の続きとみられるので、本巻では、前者の本文の後に一行空けて後者本文を続け、日付は併記、題名は前者に統一した。底本一〜三・三三・三四・三七・四五・六一行目（行数は結合した二篇を通算したもの）行末の読点を削除。また、二二行目「かたまって」・三六行目「はんけちを」・五五行目「そう」の後の読点を削除。

三〇七〔しばらくぼうと西日に向かい〕　一四・二二・二三行目「萱」は、底本では「萓」。

三一一　昏い秋　本稿の最終形態は黄罫詩稿用紙に書かれているが、左右両端が破り取られた破損稿であるため、本巻本文は一段階前の赤罫詩稿用紙記入稿最終形態を採用した。

三三一　凍雨　一〇行目「萱」は、底本では「萓」。
三三〇〔うとうとするとひやりとくる〕　本文は、『新校本宮沢賢治全集』第三巻掲出本文を訂正した、杉浦静「宮沢賢治資料54　三三〇〔うとうとするとひやりとくる〕本文訂正」（「宮沢賢治学会イーハトーブセンター会報　第52号・雪のからす」二〇一六年三月）に拠った。三行目「皴」は、底本では「皺」。「斧劈皴」の誤記とみて校訂した。
三一三　命令　底本四〜六、八、一二、一四行目行末の読点を削除。
三三八　異途への出発　一行目「惑」に原ルビはないが、文語詩「〔たそがれ思量惑くして〕」の逐次形に「たそがれの思量は惑く」とあることにより、意味を勘案して「惑（くら）く」と読んでみた。別の読みもあるかも知れない。
三五六　旅程幻想　四行目「萱」は、底本では「萓」。底本六・七行目行末の読点を削除。
三五八　峠　底本三・四・九行目行末の読点を削除。
四一九　奏鳴的説明　底本一二行目行末の読点を削除。
五〇六〔そのとき嫁いだ妹に云う〕　底本二一・二三行目行末の読点を削除。
五一九　春　底本一・三行目行末の読点を削除。
五二〇〔地蔵堂の五本の巨杉が〕　題名「地蔵堂」のルビ「じんぞうどう」は、逐次形の「地蔵堂」に「ヂン」と自筆ルビが振られていることに拠った。
三三三　遠足統率　一六行目「皴」は、底本では「皺」。「斧劈皴」の誤記とみて校訂した。
三三七　国立公園候補地に関する意見　底本では、八・二七・二九行目行末に読点が付されていたが、他行とそろえて削除した。

三四五　〔Largoや青い雲滃やながれ〕　題名・一行目の「滃」の「かげ」は原ルビ。賢治固有の読みか。二行目「惑」には原ルビはないが、「三三八　異途への出発」にならってルビ「くら」を付した。

三六六　鉱染とネクタイ　底本一五行目行末の読点を削除。四行目「浄瓶」には原ルビはない。「じょうびょう」と仏教語でルビを振ったが、「じょうへい」のルビも可能だろう。

三六八　種山ヶ原　底本一七行目「よどんでいた」・「谷は」の後の読点を削除。

三七四　河原坊（山脚の黎明）　底本五行目「ほう」の後の読点を削除した。

三八四　告別　底本二七行目行末の読点を削除。

春と修羅　第二集　補遺

発動機船　第二　「三五一　発動機船〔断片〕」から発展した作品。作品番号・日付ともに記入されていない。赤罫詩稿用紙にやや早書きの字体で書かれた後、筆記具を変えながら三度の手入れが行われている。

〔どろの木の根もとで〕　「六九〔どろの木の下から〕」が改稿されて作品番号・日付を失った作品。赤罫詩稿用紙にきれいに書かれた後、筆記具を変えながら三度の手入れが行われている。底本二行目行末の読点を削除。

〔水よりも濃いなだれの風や〕　「三七五　山の晨明に関する童話風の構想」が改稿されて、作品番号・日付を失った作品。鉛筆できれいに書かれた後、濃い鉛筆で多くの手入れがなされている。

種馬検査日　「七五　北上山地の春」の一部が改作されて、作品番号・日付を失った作品。黄罫詩稿用紙に鉛筆で下書きされた後、さらに手入れがなされている。

紙に下書稿が書かれた後、あらたな黄罫詩稿用紙にきれいに書かれ、筆記具を変えた手入れがなされている。

〔朝日が青く〕　「三六八　種山ヶ原」が改稿、発展させられ作品番号・日付を失った作品。黄罫詩稿用紙に下書稿が書かれた後、あらたな黄罫詩稿用紙にきれいに書かれ、筆記具を変えた手入れがなされている。

〔行きすぎる雲の影から〕　「三六八　種山ヶ原」の途中過程の一部が独立・発展した作品。黄罫詩稿用紙の表裏を用いてブルーブラックインクできれいに書かれた後、あらためて紙葉周辺余白部に鉛筆で推敲形（最終形態）が書かれている。底本一・八・一九・二三・二四・三〇・四四行目行末の読点を削除。

若き耕地課技手の Iris に対するレシタティヴ　「三六八　種山ヶ原」の途中過程の一部が独立・発展した作品。黄罫詩稿用紙の表裏を用いて鉛筆できれいに書かれた後、さらに鉛筆で手入れがなされている。

〔おれはいままで〕　「三六八　種山ヶ原」の途中過程の一部が独立・発展した作品。黄罫詩稿用紙の表裏を用いて鉛筆できれいに書かれている。底本一七行目「草いきれ」・「汗」・「厚さ」の後の読点を削除。

〔滝は黄に変って〕　「三七二　渓にて」が改稿されて、作品番号・日付を失った作品。黄罫詩稿用紙にブルーブラックインクで下書きされた後、さらに手入れがなされている。

〔あけがたになり〕　「七三　有明」が改稿されて、作品番号・日付を失った作品。赤罫詩稿用紙裏に鉛筆で下書稿が書かれ、定稿用紙にブルーブラックインクでさらに推敲しつつ書きかえられた後、別の定稿用紙に清書・手入がなされされている。

葱嶺先生の散歩　「一五四　亜細亜学者の散策」が発展した作品。黄罫詩稿用紙にブルーブラックインクで下書稿が書かれ、さらに推敲された後、「詩人時代」三巻七号（昭和八年七月）に発表された。さらに、その後定稿用紙にブルーブラックインクで清書されている。

〔雪と飛白岩の峯の脚〕　「五〇八　発電所」が発展して、作品番号・日付を失った作品。黄罫詩稿用紙に、「発電所」の題で書かれた後、さらに推敲が進み「東北砕石工場花巻出張所」用箋を一部に用いて全体を整えられた。その後、「詩人時代」三巻三号（昭和八年三月）に散文詩形で「詩への愛憎」の題名で発表された。その後、定稿用紙に題名が書かれぬままブルーブラックインクで清書されている。底本七三〜七五行目行末の読点、七六行目行末の句点を削除。

「口語詩稿」より

発動機船　一　「春と修羅　第二集」中の「三五一　発動機船〔断片〕」及び「春と修羅　第二集　補遺」中の「発動機船　第二」の関連作品。赤罫詩稿用紙に鉛筆で書かれ、書きながらの手入れがある。

発動機船　三　「春と修羅　第二集」中の「三五一　発動機船〔断片〕」及び「春と修羅　第二集　補遺」中の「発動機船　第二」の関連作品。「発動機船」と題して赤罫詩稿用紙に鉛筆できれいに書かれた稿を、別の赤罫詩稿用紙を用い「発動機船　三」と題して改稿したもの。同じ鉛筆による手入れがなされている。

〔高原の空線もなだらに暗く〕　「春と修羅　第二集」中の「三六八　種山ヶ原」、及び「春と修羅　第二集　補遺」中の「〔朝日が青く〕」「〔行きすぎる雲の影から〕」「若き耕地課技手のIrisに対するレシタティヴ」「〔おれはいままで〕」の関連作品。黄罫詩稿用紙に鉛筆できれいに書かれた後、鉛筆及びブルーブラックインクで手入れがなされている。

エッセイ・賢治を愉しむために

賢治の短歌からみえてくるもの

東　直子

せともの丶ひゞわれのごとくほそえだは淋しく白きそらをわかちぬ

冬の白い曇り空の下に立っている木。葉をすべて落としきったあとの木の細い枝の一本一本が白い空をキャンバスとしてくっきりと見えている。その「ほそえだ」を「せともの丶ひゞわれ」に見立てた、繊細で的確な言語センスにうならされる一首である。この作品は、宮沢賢治が盛岡中学校の中学生だったころに作った短歌である。思春期まっさかりの少年が作ったとはとうてい思えないような、客観的視点の冴えた、しずかで繊細な一首である。賢治文学の出発点には、このような静謐な短歌作品があった。

賢治よりも十歳ほど年下の詩人、中原中也も同じように中学生のときに短歌の創作をはじめたのだが、地元山口県の「防長新聞」に投稿した作品は次のような歌である。

菓子くれと母のたもとにせがみつくその子供心にもなりてみたけれ

天下の人これきけといふざまをして山に登ればハモニカ吹けり

素材や文体に石川啄木や北原白秋の影響が見られ、その内容はかなり子どもっぽい。見方を変えれば、賢治少年の作品よりも、思春期の感覚が率直に表現されているともいえる。

いざよひの
月はつめたきくだものの
匂をはなちあらはれにけり。

露しげき
裾野を行けば
かすかなる
馬のにほひのなつかしきかな。

これらは賢治の短歌。どちらも嗅覚がポイントとなっているが、風景の美しさやたしかな体感を共有しつつ、実に穏やかな気分が満ちてくる。前述の中也の短歌と比べてみると、一人称文学と呼ばれる短歌作品にありがちな自我の主張が、賢治の短歌には希薄であることに気付く。

枯れ枝を空の「せともの丶ひゞわれ」と見立てたり、月に果物の匂いを感じ取ったり、露の裾野になつかしい匂いを探ったり、その興味は常に外界に向けられている。外界の美しさを感受し、しずかにたたえる姿勢は、その後に創作される詩や童話の数々に通じるものがあると思う。

ちなみに三行や四行で表記されているこの短歌の形は、同郷の歌人、石川啄木の『一握の砂』の表記方法から影響を受けたものだと考えられる。啄木の場合、もともと一行で書かれていた短歌を、歌集刊行の直前になって多行書きに変更したのだった。これは、先に出版された土岐哀果(善麿)のローマ字による多行書きの表記による歌集『NAKIWARAI』の影響が大きいと言われているが、伝統詩としての短歌ではなく、新しい時代の定型詩を世に送り出すという意識が、この独特の表記を選ばせたのではないかと考えられる。その点を、賢治も踏襲したのではないかと思う。

十三歳から二十五歳にわたって熱心に作られた短歌は八百首あまり残されている。年代でいえば、明治四十二年から大正十年頃にかけてである。日本の口語自由律詩が確立し、石川啄木が短歌で率直に綴った心境が若者たちの心を捉え、若山牧水や前田夕暮らの自然主義文学としての短歌も台頭してきた時代である。

新しい時代の新しい文学の息吹を、賢治は岩手県花巻市の田園地帯で遠く感じつつ、大人になっていったのだ。

私は、賢治の童話や詩は子どものころから愛読していたのだが、長い間短歌も作っていたことを知らなかった。賢治の短歌作品を知り、じっくり読むようになったのは、自分が短歌を作るようになってからである。

今日もまた
岩にのぼりていのるなり
川はるばるとうねり流るを。

この歌は、賢治の歌に着目して最初に目にとまった歌である。賢治が二十歳ごろに作った作品で、山に登ることが好きだった当時の姿を彷彿させる。一人きりでごつごつした岩を汗をかきながら上り、目の前に流れる清流をじっと見つめた。そのとき彼は、何をするかというと「いのる」のだ。この世の中がよいものであるように、うねりながら流れていく川に真摯に祈り続けたのだろう。川は、この世界に流れる時間や、人間が受け継いでいる日々の営みの暗喩としても読み取れるだろう。
賢治作品にみられる法華経信仰の影響は様々に指摘されているが、この歌で描かれた「いのり」は、賢治が根源的に抱いていた透明な意志のようなものではないかと思うのだ。

赤き雲
いのりのなかにわき立ちて
みねをはるかにのぼり行きしか。

この歌では、風景の中に「いのり」を見出している。夕陽に紅く染まった雲がゆっくりと峰をのぼっていく様子は、たしかに「いのり」という目に見えないものを可視化させたような荘厳な風景に思えてくる。

美しい景色を見て「いのり」を捧げ、また、美しい景色の中に「いのり」を感じ取る。直接「いのり」という言葉を用いていなくても、前述の歌のように、冬木の伸びる空や、青白い月が光る夜空、露の光る裾野に、「いのり」のような静かな視線を向けているのは分かる。文学の出発点である十代のはじめの心と外界が一体化した独自の感覚は、その身体の芯に宿る灯火として存在したのではないかと思うのだ。

賢治が生まれ育った花巻は何度か訪ねたことがあるのだが、高い建物は一つもなく、当時を彷彿させる田園風景が北上平野一帯に広がっていたことが印象に残っている。満天の星を輝かせる夏の空の下、光を灯しながらこの広大な平野を通りすぎていく岩手軽便鉄道を眺めて「銀河鉄道の夜」を賢治は想起したのだなあ、と深く納得したのだった。

雲ひくき峠越ゆれば
(いもうとのつめたきなきがほ)
丘と野原と。

雲がたれこめる峠を越えてゆくと妹の泣き顔を思い出した。眼下には、丘と野原が広がっている。という解釈のできる歌だが、（　）の中に括られているひらがな書きのフレーズは、「永訣の朝」の中で繰り返される〝（あめゆじゅとてちてけんじゃ）〟という一行を彷彿させる。「あめゆき」を取ってきて下さい、という妹の切なる願いを込めた声を、胸の中で何度もくりかえす賢治と、見晴らしのいい場所で頭に浮かべた妹の泣き顔のイメージは、やわらかく重なる。

兄に、自分の最後の願いをかなえさせるために「あめゆき」をせがんだ妹は、自分の願いをかなえることで兄の心を軽くさせてあげようとした。そしてそのことを賢治自身も気づいていた。願いと祈りが一体化した心の通い合いが深い感動をもたらす。遠く離れていても、その存在が常に心のそばにあることは、「つめたきなきがほ」と表現したときからずっとあるのだ、と思う。

静謐なイメージの、ほんのり切なさが滲む短歌についてみてきたが、こんな楽しげな短歌も、賢治は作っている。


「何(なん)の用(よ)だ。」

「酒(さげ)の伝票。」

「誰(だれ)だ。名は。」

「高橋茂吉(ぎづ)。」

「よし。少(びゃ)こ、待で。」

ただの会話文にも見えるが、この五行で一首の短歌である。お酒の伝票を置きに（取りに？）訪ねてきた「高橋茂吉」とのやりとりを、東北人特有の、ぶっきらぼうで短い会話として方言とともに臨場感たっぷりに綴っている。会話を追っていくうちに、五七五七七の韻律を産み出して短歌になっている。この歌では、方言を慈しむ賢治のユーモアのセンスが見て取れる。この会話の味わいは、「どんぐりと山猫」など、後の童話で描かれる子どもたちや動物たちの間で交わされる素朴な会話と共通していると思う。

ほんのぴゃこ
夜明げがゞった雲のいろ
ちゃんがちゃがうまこ　橋渡て来る。

この歌は、馬が鈴をチャグチャグ鳴らしながら街を通りすぎる「チャグチャグ馬コ」のお祭りを題材にした四首連作のうちの一首である。この歌も、方言をオノマトペのように響かせつつ、お祭りのときの心浮き立つ気分を伝えている。賢治の童話を読みながら、わくわくした気分を思い出す。個人の喜怒哀楽から逃れた静謐な祈りの歌がある一方で、世の中のすべてが新鮮に見えている幼い子どものような目線の短歌もいくつも詠んでいる。

いずれにしても、どの歌にも言葉で自分の世界を表現することの喜びが感じられる。若書きであることもあって、童話や詩作品の陰に隠れがちだが、独自の視点と独自の韻律を持つ無類のその短歌には、賢治文学の原点とも言うべきエキスがつまっている。これからもじっくりと読みついでいきたい。

宮沢賢治(みやざわけんじ)コレクション 7
春(はる)と修羅(しゅら) 第二集(だいにしゅう)――詩(し)II

二〇一七年九月二十五日 初版第一刷発行

著　者　宮沢賢治(みやざわけんじ)
発行者　山野浩一
発行所　株式会社 筑摩書房
東京都台東区蔵前二―五―三　郵便番号一一一―八七五五
振替〇〇一六〇―八―四一二三
印　刷　明和印刷 株式会社
製　本　牧製本印刷 株式会社

乱丁・落丁本の場合は左記宛にご送付ください。送料小社負担でお取り替えいたします。ご注文、お問い合わせも左記へお願いいたします。
筑摩書房サービスセンター
〒三三一―八五〇七　埼玉県さいたま市北区櫛引町二―六〇四
電話　〇四八―六五一―〇〇五三

ISBN978-4-480-70627-0 C0392